U0719603

跟着插画师去旅行

馨竹 著

北京联合出版公司
Beijing United Publishing Co.,Ltd.

图书在版编目（CIP）数据

跟着插画师去旅行 / 馨竹著 . -- 北京：北京联合
出版公司，2018.3
ISBN 978-7-5596-1586-2

Ⅰ . ①跟… Ⅱ . ①馨… Ⅲ . ①随笔—作品集—中国—
当代 Ⅳ . ① I267.1

中国版本图书馆 CIP 数据核字（2018）第 009653 号

跟着插画师去旅行
作　　者：馨　竹
选题策划：北京时代光华图书有限公司
责任编辑：张　萌
特约编辑：刘冬爽
封面设计：新艺书文化
版式设计：王杨帆

北京联合出版公司出版
（北京市西城区德外大街 83 号楼 9 层　　100088）
北京联兴盛业印刷股份有限公司印刷　　新华书店经销
字数 71 千字　　787 毫米 ×1092 毫米　　1/16　　14.25 印张
2018 年 3 月第 1 版　　2018 年 3 月第 1 次印刷
ISBN 978-7-5596-1586-2
定价：68.00 元

未经许可，不得以任何方式复制或抄袭本书部分或全部内容
版权所有，侵权必究
本书若有质量问题，请与本社图书销售中心联系调换。电话：010-82894445

目 录

序·画记人生　　　　　　　　　　I

写在旅行前的话　　　　　　　　IV

整理背包：我的旅行手绘必备工具介绍　　VI

斑驳树影下，静泡一杯清茶　　厦门
001

红墙绿瓦，细说一世繁华　　　北京
111

翠山居盏，误入山寨见惊奇　　贵州
175

后记·走不完的世界　　　　　211

序·画记人生

曾经，我在一个沿丝绸之路走完 13000 公里的姑娘的分享会上，参与过一个关于梦想的调查。每个人都写下 5 个自己的梦想，现场几百人，95% 以上都写了"旅行"这件事，但真正付诸行动的人却屈指可数。

当时，我的心就像被什么东西重击了一下似的，因为我也是这群空有"旅行"梦想，却没有实际行动，只是把它当作一个梦的人之一。那时的我，正挣扎在别人眼中那份挺不错的工作里，其实心里已经蠢蠢欲动，但还是不敢踏出这个虽然大富不了，却也饿不死人，甚至稍小资的，忙碌且没有自己灵魂的舒适圈。不过听完这场分享会后，**"一定不能仅仅是梦"**的种子深深扎根在我的心里。

在 2015 年 12 月底，我和几个闺密凑在一起写年终总结和 2016 年的梦想清单时，我把几个一直梦想着要去的地方写在了清单里，在 2016 年开年的第一天，我就踏上了落实梦想的旅程。

一月，厦门和上海。

二月，飞到成都，稍作停留后坐火车进藏。

三月，贵州、黔东南。

……

我一步步地落实着，同时也反思着。

在成都进藏的火车上，我第一次亲眼看到了西部的群山，它不同于南方的山的秀丽细腻，而是呈现出一种豪迈大气的蓬勃之感。虽然以前我也曾通过电脑屏幕，看到过无数次西部的群峰，甚至还对着照片临摹过，但画完总觉得里面少了些什么。这次亲眼所见，我懂得了，之前的画作中正是缺少了它的魂，以及它所独有的精气神。照片是拍摄者眼中的世界，和他所感受到的灵魂。但这些都不属于我，只有我自己看到、听到、触摸到之后，才有可能知道大自然想告诉我的它的灵魂之所在。通过这种方式创作出来的作品，才能真正属于我，是我对这个世界最为准确的反馈。

中国有一句古话："百里不同风，千里不同俗"，更不要说，世界这么大了。我已经做了多年的设计工作，还深刻地记得，不论学校老师还是公司前辈，都曾教导我们要多看优秀的作品。但我们往往看到的只是眼前这一幅成品，却没有去挖掘它背后可能存在的根源，或者作者的创作背景等。结果只能是"只学其形，难表其魂"。

萧青阳先生说过："我的设计可能不是最好的设计，但却是最有诚意的设计。"比如他制作的《不只唱歌吧》（2012 年）这张唱片，它的设计体现出来的不仅是外表的得体美观，更多的是对一种即将消失的文化的尊重与遗憾。唱片封面上的图腾元素来源于当时即将消失，现在已经消失了的台湾少数民族部落的刺青。正是这深藏背后的浓浓的情怀让这个作品有了属于自己的魂，才能打动人。

虽然目前的我，暂时还做不出这种水平的作品，但并不妨碍我往这个目标前进的心，想亲眼去看各处的风景，亲身去感受各处的灵魂，亲耳去听各处的声音，亲笔去画下我的所思、所想、所感，用尚不成熟的笔触去表达当时的情绪和温度，也同时希望把这份情绪和温度分享给正在看这本书的你。

写在旅行前的话

　　很多时候，我们的旅行都是以"随波逐流"的形式在有序地进行着，尤其是在著名景点或地区，很有可能是某某到此一游，咔咔拍几张纪念照片完事儿。不知道别人觉得这种旅游方式如何，反正我不愿意这样。这种在景点前人挤人——各种排队、各种被挡、各种嘈杂的情况总是让人感到身心俱疲，还不如在家窝着，看看书、喝喝茶、画幅画让人感到幸福。

　　相比于国外，国内景点人山人海的现象更为突出一些，为了让自己可以有更加完美的参观体验，我在主线游览的时间很少，而把大多数时间花在了冷门景点，这也使我对热门景区有了不一样的感受。比如，国内大多数文博景点的展览都是走远距离的朦胧风格，游客需要隔着玻璃、警戒绳，才能看到里面的文物，有些地方甚至直接关着门，只能凭想象来描绘出文物具体的样子。这类景点虽然游客的体验很差，但因为出名，还是有许多人愿意挤着从缝隙间往里看。其实，抛开这些主流且固定的一两个景点，随意在景区走走，也可以发现许多不一样的美景。就像故宫，绝大部分人都只走主线，也就是官方给的参观路线，而在这条主线上的景观基本上都是后来修复过的，放眼看去，都是干干净净、纤尘不染的空殿，精致的同时却也少了一些历史的印记。所以，去故宫参观时我选择不走主线，而走一些人少偏僻的支线，果然少有人抢位置，也可以让人安安静静地用心看细节，看那些留下岁月沧桑痕迹的建筑或树木。

当然，出去玩儿大家想的都是尽可能去更多的地方，看更多不同的风景，但在我看来，中国地大物博，美景也分布在各地，人们经常是以省或直辖市为基础单位来设计旅程，这就容易出现一个问题，即人们的很多时间都浪费在赶路上，甚至为了多走几个地方，把自己弄得疲于奔命，累得都没精神再去看美景了，只能胡乱拍几张照片表示自己到过这里。这种旅行方式不仅不会使你看全想看的风景，还会使你失去真正感兴趣的内容，所以我的旅行建议就是把圈子缩小，再从中找出你最感兴趣的内容，花更多的时间去仔细品味和感受，慢慢体会美景所赠予我们的美好当下。

与其泛而不精，不如择其一而细品，不重数量重质量，相信你可以收获更多。

旅行——走未知的路，看美丽的风景，与陌生人相遇。这些，构成了我旅行中最大的乐趣。其实，无论河流山川，还是古堡宫殿，同一个景物每个人看到的、感受到的都会有所不同，不要被各种攻略、游记迷了双眼，忘记自己旅行的初衷。这，就是我"旅行的意义"。

我的旅行手绘工具。

整理背包：我的旅行手绘必备工具介绍

当当当……如果你想在旅途中用画笔记录美好瞬间，并画出令自己满意的作品，那么带好相应的工具就是你在旅行前必须做好的事情。在这里，简单介绍一下我出行时必备的绘画工具，希望可以为你提供一些参考和帮助。

出去玩儿，每个人想的都是尽可能少带东西，轻装上阵，我的旅行手绘工具也是按照这个思路来准备的。

（注：下面所列产品仅供参考，如有需要可以到各品牌的官网上购买）

画笔类

铅笔：自动铅笔（0.5），2B 笔芯（0.5）

钢笔：凌美（LAMY）钢笔

针管笔：三菱针管笔 0.1 和 0.3 型号

自来水笔（小号）

毛笔：传统普通毛笔，达芬奇（Da Vinci）428 系列 0 号

辅助类

橡皮：4B 橡皮

墨水：鲶鱼防水墨水（Noodler's Ink）

本子：宝虹手工水彩本

墨块：墨远堂松烟墨块

砚台：迷你小端砚砚台

洗笔桶：辉柏嘉伸缩水笔桶

颜料：史明克大师 24 色，白夜圣彼得堡 24 色，荷尔拜因小蓝盒

根据旅行时间的长短，这些工具可以有选择携带，当然，必带工具的数量也要根据自己的实际情况（如预计的画作数量、时间的长短、地点的选择等）综合考虑。

两种不同场景下的手绘工具参考

场景 1

周末去公园一天（以轻巧方便为主）

本子 ×1

自来水笔 ×1

钢笔 ×1（最好已经灌满墨水）

针管笔 0.1×1、0.3×1

自动铅笔 ×1（里面多放几根笔芯）

橡皮 ×1

颜料 ×1

注：根据自己的行程安排选择适合自己的工具和数量，当然，如果你哪种材料平常就用得比较费，也可以适当多带一些，有备无患。

场景 2

短途旅行（以一个月为例）

本子 ×3	自来水笔 ×2
钢笔 ×1	墨水 ×1
针管笔 0.1×3、0.3×3	
自动铅笔 ×1	笔芯 ×2
橡皮 ×2	颜料 ×2
洗笔桶 ×1	传统毛笔 ×4
达芬奇毛笔 ×1	墨块 ×1
砚台 ×1	

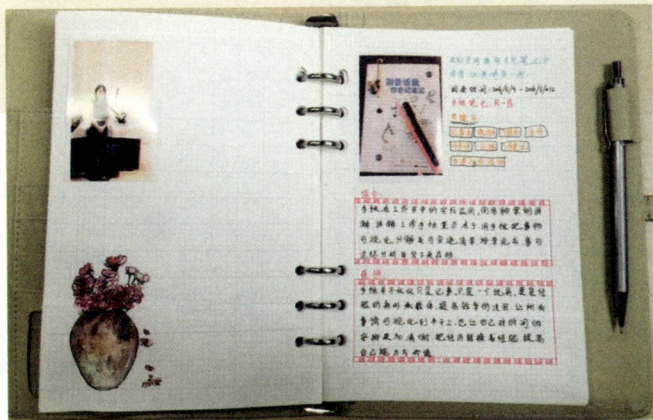

　　除了出去玩儿的时候可以选择上述工具进行绘画外，这几年很火的手账本也可以用这些工具进行绘画和记录，相信会给你的日常生活带来更多的乐趣。

　　作为一个爱唠叨的作者（不要吐槽我），还要最后补充两句，旅行手绘最重要的目的是让自己开心，让自己的旅行更加有意义，所以，不论画得怎样，自己开心就好！

厦门

斑驳树影下，静泡一杯清茶

鼓浪屿

旧物仓

沙坡尾

厦门住宿推荐

南风过境，

带来久违的好心情；

停下脚步，

绿荫树下重拾旧梦。

　　厦门，一个暖洋洋的岛屿城市，一座可以触及灵魂的文艺之都，每个人到这里来，都能找到专属于自己的那份小心情。它会是欣喜的笑容、坚定的信念、悲伤的哭泣……当然，引起这种感动的也许不全是那些早已为人熟知的著名风景，反而可能是街角一株盛开的三角梅，或是路边晒太阳的懒猫，或是追逐梦想、满脸阳光的文艺青年。走在厦门的小路上，每一次迈步、每一个抬眼都可能会有奇妙的美景飞入你的眼睛，而这，就是专属于你一个人的、关于厦门的，或是关于文艺的独家记忆。

鼓浪屿：南风吹来一阵沙

　　鼓浪屿，厦门的标志性景点之一，也是一个全国知名的"小清新"胜地，每年都有很多心怀文艺梦想的年轻人来此找寻艺术之美。作为一个合格的中国热门景区，鼓浪屿除了有各种必须打卡的经典景点外，还拥有着为数不少的"网红"店，尤其是在 2017 年成功入选《世界遗产名录》后，相信这个小岛会吸引越来越多的人前往参观和游览。由于我不喜欢到游客特别多的景点凑热闹，总觉得会失去观看美景的单纯心思，所以，我之前虽然去过厦门很多回，但一直都没有去过鼓浪屿。直到有一次，我在厦门住的民宿离厦鼓码头不远，楼下就是去鼓浪屿的码头，突然之间，就有了想要去鼓浪屿看看的欲望。而在这次之后，我又去了鼓浪屿很多回，深深爱上了这个虽然面积不大，却能让人身心舒缓的美丽岛屿。

到达鼓浪屿后，虽然不巧遇到多云的天气，但依然很惊喜地看见了许多让人心情愉悦的绿色植物。

我去鼓浪屿的时间刚刚好，没有赶上周末，也不是节假日，相对来说人不是特别多。这让我有了在鼓浪屿上住一晚的机会，也使我这个临时起意的两天一夜鼓浪屿之行，有了一个比较圆满的过程和结局。

伴着舒适的海风，我走进了鼓浪屿这座美丽的花园。第一件事，当然是去找提前订好的民宿。众所周知，鼓浪屿上的民宿都很有特点，我这次住的也是如此，在后面的文章中我会和大家分享一下住这家民宿时的感受。

因为我上岛时正值中午时分，所以在去民宿的路上，先随意进了一家小店吃饭，老板很热情，送给我一张鼓浪屿的旅游地图。这张地图上有详细的地点标注，包括鼓浪屿的特色建筑、必去小店，以及一些主干道路名称等。看到地图后，我才真正对鼓浪屿有了比较准确和清晰的概念，鼓浪屿的面积并不大，是一个完全可以靠脚走遍全岛的地方。正因为小，鼓浪屿上很少能看到汽车或自行车，主要的交通工具就是你的双脚。手机导航或离线地图这时就是你最好的朋友，也建议大家在去某个地方之前提前下好当地的地图，这样既可以减少走冤枉路的可能，也可以让你跟着地图去发现一些不为大众所知的好地方。

台湾猪头三

一家台式美食
小店，水质风格
的装修服务很
热情

在鼓浪屿上吃到的台式美食。

时代光华官方微店

简艺学院微信公众号

旅行 走未知的路, 看美丽的风景, 与陌生人相遇。

旅行

走未知的路，看美丽的风景，与陌生人相遇。

简艺学院微信公众号

时代华曾官方微店

时代光华官方微店

简艺学院微信公众号

旅行 走未知的路，看美丽的风景，与陌生人相遇。

时代光华官方微店

简艺学院微信公众号

旅行，走未知的路，看美丽的风景，与陌生人相遇。

路上偶然遇到的中西风格结合的高大建筑。

我去民宿时走的是主道，人很多。所以放完行李出来之后，看到岔路口，选择了看起来相对比较偏一些的道路走。偏一点的路上人比较少，我想看看会不会有什么有意思的景色出现。结果不负所望，看到了很多有意思的地方和景色。下面摘取了一些我认为有趣的街景，随着我的画笔一起去看看吧。

浆果茶

位于三一堂旁边，当我走到三一堂路口的时候，就闻到了一股清新的甜香味。这楼清香就来自这了。喝了「奶油草莓」酸甜爽口。

鼓浪屿街景采撷

当你闻到一股甜腻的花果茶香味的时候，就会发现"贡布雷小镇"。它位于鼓浪屿的中心位置，三一堂的旁边，是一家卖花果茶的小店。在它的二楼摆放有两张长桌，静谧的午后，我坐在那里，拿出画笔，伴着浆果茶的迷人香气，画作就这样自然地出来了。

有着甜美味道的浆果茶。

在店内二楼长桌上进行的绘画。

在鼓浪屿上，好像随时都可以看到各种参天大树。

一只在静静思考着什么的
小猫，一直望着前面的绿
树，好像一尊不动的雕塑。

鼓浪屿上种有很多枝叶茂盛的植物，它们好像格外受到大自然的青睐，都长得十分健壮，欣欣向荣。榕树是这里的绝对代表，不仅数量多，而且树龄也长，它的枝干全部向下垂落，轻柔地抚摸着大地，并生根发芽。它们像饱经岁月沧桑的老者，静静地看着岛上的风云变幻、时代更迭。作为岛上重要的历史见证者，也只是偶尔随风摇摆一下枝条，欢迎从远方赶来的客人。在榕树旁，散布着一些不知名的旧房子。如果你足够细心，就有可能在某条游客稀少、位置偏僻的小路上，一棵绿荫如盖的榕树旁，发现一栋早已荒废、爬满野草的旧宅，这也是鼓浪屿这座嘈杂繁忙的小清新花园中为数不多的、可以让人静下心来的一隅吧。

如果游玩当天天气晴朗，就可以选择在画作中对蓝天白云做突出和强调，把天空放在整幅画中最重要的位置。

在鼓浪屿上有一所中学（福建省厦门第二中学鼓浪屿校区），在通往学校的小路上，抬头看看蓝天白云，听着不远处的学堂里传来的朗朗读书声，便觉得平凡而日常的生活就应该是这个模样。

　　距离三一堂不远，是一栋叫番婆楼的建筑，这也是鼓浪屿上比较有特色的建筑之一，吸引了很多年轻人来这里拍婚纱照。这栋建筑目前还有人居住，有时会看见在二楼有一些晾在外面的衣服或被单，也给这座中西结合的美丽建筑添上了些许的烟火气。

　　鼓浪屿上有众多风格迥异的特色建筑，代表了不同国家的建筑风格和艺术特点。除此之外，还有一些融合了不同国家建筑风格的房屋，中西结合的风格也是鼓浪屿建筑的一大特色。比如，你会看到很有意思的窗户设计，其中一种就是由一整块儿巨大的石头构成的整体的外观架构。

　　清新淡雅的颜色使窗户的整体效果看起来十分舒服，它依附在老建筑上，并不会像新做的窗户那样突兀和张扬，而是给人温润的感觉，和整体古旧建筑交相辉映，体现出一种奇妙的和谐之美。

碎碎念：旅游途中什么时候画这些画作比较好呢？

　　以我在鼓浪屿的这些画作为例，只有小部分是当场写生，其他大部分都是先拍照，之后去贡布雷小镇或者其他有桌子的地方（咖啡店、小吃店等）坐下来踏踏实实地作画，画完之后再去寻找之前相对应的景色，合拍一张照片，这样出来的照片效果很有意思，是我在旅途中经常会做的一件重要的事情。

　　注意："合照"只适合人少的景点或风景照，像故宫这样人流密集的地方就不要想这件事啦，老老实实地回宾馆吧。

图中的这栋建筑里有很多圆柱体的结构，很有城堡的味道，可以适当加强这方面的感官体验。

　　岛上的主路都带有很多小岔路口，人们很容易就会迷失在这些小路中。我当时只是模模糊糊记得是在某条路上，拿着地图寻找，结果还是走错了路，绕来绕去兜了好多圈才重新找到这栋房子。所以，如果你有拍"合照"的想法，一定要在拍照之前就记好地名和路线，这样会节省很多时间和精力。

　　每次去一个陌生的城市，我都不会刻意地提前规划好行走路线，只是定一个大概的方向，随心而走，这样的旅途更有趣味，也增加了更多的不确定性，会让你对旅程中偶然遇到的美景更有记忆。

在一条岔路上，沿着阶梯往上走，就能看到这块巨大的石头，上面刻有关于它的历史记载，在石头的后方是汇丰公馆的遗址。

绕过石头之后，往正对面的方向看，就会发现这栋房子。它整体呈砖红色，边上也没有其他建筑，散发出一种"特立独行"的气质。它的边缘围有一圈郁郁葱葱的绿植，虽然我不清楚这栋建筑叫什么，但是看它这么孤零零地立在那里，想到岛上别处建筑旁都是热闹喧噪的人群，再看这栋建筑时会觉得它过于凄凉和孤独。

音频·旅行故事：红房子

音频·旅行故事：独特的树屋

这是我在另一条不知名的岔路上看到的景色，这条小路的位置也非常偏僻，以致我后来再也找不到这个像鬼屋一样的房子了。第一眼看到它时，我的心就被震撼到了，以前从没见过这样的景象。房屋的大部分结构都隐藏在榕树繁茂的根茎里，只能隐隐约约看出房屋的些许结构，给人留下了无限的遐想空间。

这个像鬼屋一样的房子给了我一个新的思路，因为房子上面有许多树根缠绕，有的甚至已经扎根在房子里面，与房子融为一体。如果有人可以巧妙地利用这些树根，做一家特色的主题小店应该是一个不错的选择。像英国维多利亚时期的一处地下男厕所，就被两个有创意的设计师改造成一家独具特色的咖啡厅。一个原本已经被荒废的地方，当你把有意思的创意及人力、财力投入进去，就有可能变废为宝，使这个地方重新焕发活力。

当然，单从艺术和绘画的角度来说，这个鬼屋也有很多值得关注的素材，比如复杂错乱的树根结构等。如果有人对这些细节稍加运用，就会拥有一件不可复制的艺术作品。

从"鬼屋"出发，七拐八拐之后就可以看到这条街道了。等我后来再到这里时，由于季节的原因，花已经全部凋谢，整条街道都显现出萧条黯淡的景象，整体效果也远不如我画中的景色灿烂，就像那句话一样，旅行中每一次看到的风景，都会是唯一且不可复制的。所以我们的每一次旅程，都应该用心对待，这样才不会在旅程结束后留下遗憾。

在郁郁葱葱的枝叶里，零星冒出一些淡粉色小花，从道路一边的墙里探出头来，并生长蔓延到对面的墙上，像给天空搭了一条富有生气的鲜花走廊，加上日光透过叶子折射出来的阴影，构成了一幅完美的图画。

很多时候人们看到的景色，都像这样可遇而不可求。你如果在某个时间来到某个地点，看到某个美景，就一定不要错过，因为下次就算你刻意过来找，也不一定能看到相同的景色。

音频·旅行故事：绝版的旧屋

　　朝这条路的相反方向走，不一会儿就能看到这栋房子，听当地人说，之前刮台风时，屋旁大树的树枝被刮断过，包括房屋结构都被破坏了大部分，使整栋房子都显得破旧。我看到的就是这么一副残旧的样子，图中房屋背面的一整面墙都还在修缮中。所以，我在画这幅画时，就从房子比较完好的角度进行创作。从这个角度可以看出，它由旧式的红砖建成，有待完善的破旧墙皮已经翘起了大半，屋旁的大树也已经与房子融为一体。

碎碎念：初学者看过来——绘画中值得注意的几点

以上面这幅画为例，在画这幅画时，要注意以下几个部分的比例和搭配问题。

第一部分是植物，要学会打组。植物大多数都呈现出层层叠叠的样子，这些零碎的东西，在绘画时就需要对它做一个大致的归类，使之成为一棵完整的树，这样画出的植物才会有结构。之后，在一组内再做细分，这种成片式的地方，可以运用概括描述的手法来表示。像在边缘，可以做一些叶子的外轮廓形状和剪影，对叶子的外形效果做一个比较全面的展示。

第二部分是墙面，墙面由红砖构成，有很多斑驳的痕迹，有的地方可以看到清晰的砖头结构，有的地方还残留着外层与红砖粉刷的底层材质，使人们不能轻易看到砖的缝隙。这里可以运用一些笔触表达出材质的肌理效果，增加画面的真实感，即表现出长年累月、风吹雨打所留下的岁月痕迹。

第三部分是屋顶，画中的这个屋顶是瓦片式的结构，上面还有很多的绿色落叶，部分落叶已经生根发芽。在对这部分进行创作时要注意两点，一个是砖瓦式结构，偏暖色调；一个是绿色植物，偏清新的冷色调。把这样的冷暖色调进行对比，抑或看作是浊与清的对比。这样，屋顶就会显得格外有层次感，也会增加图画的真实感。

　　这个地方，在郑成功纪念馆的相反方向，就在十字路口的位置，一侧可以看到被高大的围墙围起来的一栋建筑。刚看到这栋建筑时我就在想，这应该是一个有钱人建造的别墅吧。它不仅有宽厚的围墙，而且建筑旁的土地都被围成私人的领地。其实，鼓浪屿的很多景点都是这样，建筑物与其周边植物的关系十分和谐，红砖式的建筑和葱绿的植物给人的眼睛带来了极大的冲击，对比出来的反差效果使鼓浪屿的景色变得不再单调，我认为这也是鼓浪屿能吸引这么多游客前来游览的一个重要原因。

碎碎念：初学者看过来——绘画中值得注意的配色比例问题

　　虽然在人们的固有印象中，觉得红配绿的搭配会不好看，但在大自然中，红花配绿叶往往是最常见的配色方式。所以，我们在进行这方面的绘画时，要注意比例分配问题。如果用一种颜色为主色，而另一种颜色只是作为整体画面的点缀色，就会让人感到画面很跳跃；如果用五比五的比例来构图，也有极大可能出现抢调子的情况。因此，在绘画前一定要考虑好你打算用哪几种颜色，注意把握好这些颜色搭配的比例，这样出来的画作才不会让人产生距离感。

　　这里是鼓浪屿有名的婚纱照拍摄胜地——船屋，它在正对路口的位置，整个"船只"形象很明显，而且特别漂亮。现在，船屋已经被改造成一家特色民宿。如果你对它感兴趣，可以在这里住上一晚，相信也会是一种很有意思的体验。

音频·旅行故事：魔幻森林

这幅画其实可选择的角度很多，我选择的是树叶被挡住一些的角度，是一种拉开空间
层次的构图方式。

在船屋的岔路口稍稍往前，有一棵挺拔的榕树，枝叶繁茂。虽然鼓浪屿上有许多榕树，但其风格却并不一致。有的似群魔乱舞，张牙舞爪的，好像一位不可一世的将军；有的却娴静温婉，只柔弱地垂下枝条，像一位母亲一样轻柔地抚摸着大地。所以，在进行创作时，一定要仔细观察要画的景物，抓住它的特点，这样出来的画作才有魂。

这幅画是鼓浪屿之行中我最喜欢的画作之一。它对我有着不一般的意义，之前我还没有尝试过画一整幅全是植物的图画，而且当时我给绘画班的学员开了内部直播，包括线稿、上色等部分都在直播中完成，这对我来说也是一个不小的挑战。完成后，很多学员都说这幅画的整体效果很像宫崎骏动画片里的场景。因为画纯植物的画，会涉及很多零碎线条的规整问题，对空间和光线的运用把握也是很大的考验。在这之前，我从没尝试过这种画作，也不太敢画自己没画过的主题。但自从迈出了实现梦想的第一步，跳出了原有的那种平缓却千篇一律的生活后，仅一个转身，我便开始了另一种新的生活，也开始挑战未知的自己，这幅画即是如此。画完后，我终于突破了自己在绘画上的又一个瓶颈，推开了一扇新的艺术之门。

所以，如果你喜欢什么事情，就去大胆尝试吧，不要在做之前就给自己设定这样或那样的障碍。给自己的梦想一个实现的机会，努力去做，这样，你就有可能收获一些意料之外的惊喜和感动。

因为天色已暗，所以这幅图选择了背光的角度进行创作，需要注意的是画面中的整个暗部不要画"闷着"了，要有一定的剔透性。保证画面有可看性，才会使整个画面显得更加透亮、自然。

走在鼓浪屿的街道上，眼睛不断被各种美景冲击，时间也在不知不觉中迅速流逝。太阳刚刚西落，仅剩有一点余光，和人们道着最后的再见和晚安。这时的建筑也和白天有了些许不同，线条仿佛更加柔和，在阴影里和疲惫了一天的人们静静地道别。

这里，还想分享一个我在鼓浪屿游玩的感想。忽略那些热门的景点，仔细寻找，你就会发现鼓浪屿上的很多景色和建筑都很适合入画。所以，如果你来到鼓浪屿，不妨抛开攻略，拿上一份地图，和我一样做寻宝的游戏，在游客如织的地方找到属于自己的独特美景或角落，你会收获更多关于旅游的感动和回忆。

这些建筑就是我在鼓浪屿上寻到的"宝"，它们都有自己独特的风格和不一样的历史感觉，有些房屋已经被遗弃，成为

不受人们重视的"鬼屋"。

　　这些被遗弃的房屋里，有很多都可以被再次利用，有的商家就在保持建筑外观和主要结构的基础上，把房屋内部做了现代化的开发和处理，比如进行一些有创意的改造。这不仅可以让荒废的房屋得到重生（使房屋的结构得到有效的保护），而且也可以让更多的人了解这些建筑独有的美。

鼓浪屿上看到的各种养眼植物。

鼓浪屿上风格多变的建筑。

浓郁的咖啡香气把小猫都吸引过来了。

　　鼓浪屿上的街巷很多，景色也不尽相同，如果你时间充足，可以在这座小岛上放慢自己的脚步，静下心来享受这些景色带给你的美好和感动吧。

拨慢时光的钟：在外图书店闲逛

　　在鼓浪屿上总是感觉时间过得飞快，不仅是因为美景众多，看得人眼花缭乱，最主要的还是由于旁边都是行色匆匆的游人，脚步不停地从一个景点到另一个景点拍照打卡，让人感觉时间确实如白驹过隙。幸好，在这些匆匆忙忙赶路的人群中，我找到了一个可以放慢时间的地方——外图书店。

外图书店地址：厦门鼓浪屿中华路21号（亚细亚火油公司旧址）

最初，我只是在随意闲逛时发现了这栋充满英式风格的建筑，却没想到它已经被改造成了一家书店。

这栋建筑原本是别墅，始建于20世纪初，是英国亚细亚火油公司在岛上的旧址。它呈现出来的整体风格有很强的英伦范儿，尤其吸引我的是，它的窗户外形从远处看很像猫头鹰，这也给建筑本身增加了许多趣味性。

这家书店引起了我强烈的兴趣，因为在中国大部分的旅游胜地，尤其是热门景区中，很少有纯粹的书店。这家店开在鼓浪屿这座游客众多的热门岛屿，而且书店的规模不小，里面似乎也并不是单纯售卖旅游图书。那么，鼓浪屿上为什么会开这样一家略显突兀的书店呢？带着疑问，我走进了书店。

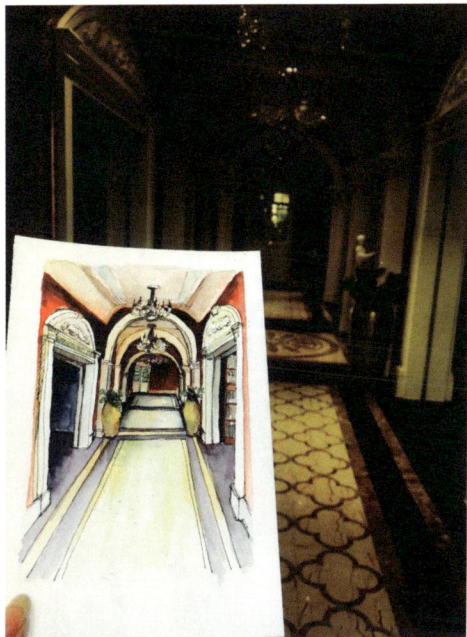

音频·旅行故事：外图书店

　　一进大门，就发现里面别有洞天，室内设计风格与外观有很大的区别。如欧洲宫殿般的走廊让人有一种置身于中世纪欧洲的感觉，光与影的结合比例堪称完美，阳光透过猫头鹰似的窗户懒洋洋地照进来，时间仿佛在跨进书店的一瞬间便静止不动了。

　　沿着走廊继续前行，两旁是摆放各式书籍的房间，房里三面都放有图书，给进来参观、购书的游客提供了更多的选择空间。在温暖的阳光包围下，穿过长长的走廊，就会闻见一股清新的茶香。

其他游客帮忙拍下的照片。

在外图书店中的绘画。

寻着茶香，我发现了几张靠窗小桌，供游客阅读和小憩。书店也提供一些茶饮，在书香和茶香的环绕中，游客便可以享受到鼓浪屿上难得的清静与闲适。我随意挑选了几本感兴趣的书籍，走到桌旁坐下，把刚拍好的书店外景图画下来。

画累了，就开始品茶、看书。这家书店的图书种类繁多，而且有接近一半的书籍都来自中国台湾，我也特意挑选、购买了几本感兴趣的书籍，作为这次来鼓浪屿的纪念品。在旅游景点买特色书籍也是我旅行中最为开心的活动之一，它不仅有我对旅行地的美好回忆，而且也是收获满满的精神食粮。

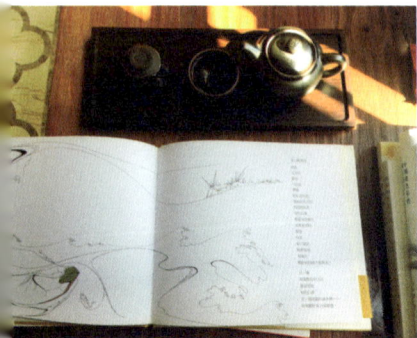

在外图书店楼顶俯视。

　　这幅画对我来说其实是一个意外之喜，它是我在外图书店楼顶上看到的景色。在我和店长的闲聊中，了解到在书店楼顶可以俯视鼓浪屿的不同建筑，但我去的时候楼顶是不对外人开放的，机缘巧合下，店长答应了带我上楼顶观景的要求。

　　在书店的楼顶，我看到了鼓浪屿形式各异的建筑俯视图，这与在平地仰望这些建筑时的观感有极大的不同。俯瞰这些建筑时，会发现不论是传统的中式建筑，还是典型的欧式风格建筑，都很和谐地同处于一个画面中，并没给人格格不入或者混乱繁杂的感觉，反而蕴含着一种多元性的包容元素。

　　在外图书店中，我感受到一个不一样的鼓浪屿，没有嘈杂声，也没有急匆匆赶路的游客，在这里，时间好像被调慢了一样，而游客也确实需要静下心来，体会时间的悠长。

青山掩映下的世外桃源：画廊旅馆

"画廊旅馆"，全名是"厦门鼓浪屿画廊旅馆世外桃源馆"，它是我在去鼓浪屿之前仔细挑选出来的住处，事实证明，这家民宿非常有意思，这里和大家分享一下我的住宿体验。

画廊旅馆位于鼓浪屿的一座小山上，地理位置其实并不算太好，离码头和主流景区都不算近。如果你带了很重的行李，就需要仔细考虑是否住在这里，因为去民宿时要走很长的平路，还要上一段山路才能到达门口，不仅浪费时间，也很耗费体力。而且这里的房间不多，如果不是淡季，还需要提前预订。

虽然到达民宿的路途不是很方便，但也是因为这样的地理位置，使得这家民宿有了很多独特的景观和入住体验。这家民宿的主人是一位艺术家，因此民宿也环绕在浓厚的艺术氛围里，很多有意思的小物件隐藏在红花绿树中，构成了一幅幅自然又不失文艺的图画。民宿里面种有许多花卉、绿植和果树，在这些植物旁还搭配有一些小巧的雕塑和器物，摆放得很讲究，和植物一起组成了生动活泼的有趣场景。

走过一段高高的楼梯，才总算到达民宿门口。往门里看去，我体会到了陶渊明在《桃花源记》中描述的豁然开朗的感觉，也怪不得这家民宿的名字中就有"世外桃源"几个字，果然名副其实。

由于地理位置的客观原因，这家民宿的正门非常窄，目测只有半米的宽度，而且我到达时门只开了半扇，让我特别怀疑这个地方到底是民宿，还是普通住家。我推开门走进去后，发现还有一小段楼梯要上，之后根据你住的屋子的位置，还有可能上更多的台阶。所以，如果你的行李很多或很重的话，一定要在预订房间之前慎重考虑。

另一方面，也正因为这一级一级的台阶，才能使这家民宿拥有与其他旅馆完全不同的风景。当你站在民宿的最高处往下看时，会发现更加特别的鼓浪屿景色，也会同意网友们对这家民宿的评价，觉得不虚此行，之前的奔走和劳累也都是值得的。

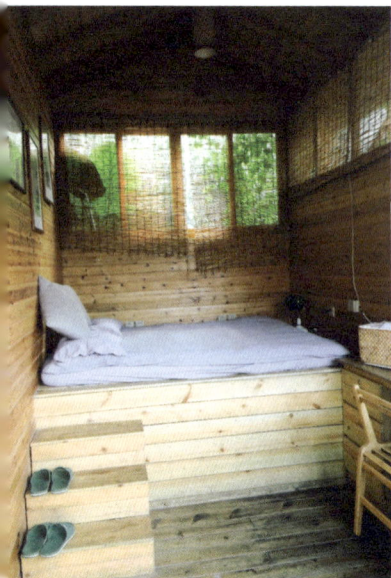

　　我订的房间是一个带小阳台的木屋，据说这也是整个民宿中最高的房间，靠窗的那面墙后面就是青山。房间是全木质的结构，床也是很有特色的榻榻米，除了房门，屋子的其他三面墙上都装有玻璃窗户，把窗帘拉起来后，在屋子里就可以感受到满目的葱绿。如果你是一个整天面对电脑的上班族，那么这种屋子非常适合你，你可以在此休息和放松心情，也可以享受城市中没有的惬意和舒适。

　　当我坐在榻榻米上休息，看到窗外的绿树葱葱时，不仅使每天因工作忙碌而产生的焦虑情绪得到了极大的缓解，而且也让大脑有了暂时的歇息。我不禁想到如果以后自己有机会开一家民宿，一定要设计一间这样的房间，当作独家密室。

在舒服的床上休息片刻，带着对这家民宿的强烈好奇心，我开始在民宿中闲逛。沿着路往门口走，到达一段台阶的前面，能看到一湾小小的水池，这也是我进大门后第一眼注意到的景物。在水池中的石头上，有一对可爱的"鸭子夫妇"，由石头雕刻而成，亲密地拥在一起，和周边的景物完美融合。

转过水池，来到民宿的另一边，就会看见去客厅的台阶。一进客厅，我立刻注意到这架立在墙边的旧风琴，从外观看已经非常破旧，听民宿主人介绍，这架风琴是个老物件，而且有很长一段时间都被放在室外接受风吹雨打，上面有各种岁月和自然留下的痕迹。虽然它现在已不再可能发出美妙的音乐声，但被民宿主人摆放在屋里合适的位置后，反而成为一件充满艺术气息的作品，给人带来另外一种美的享受。

在风琴上方的墙上还挂有一块漂流木，上面装饰着美丽的花朵和两条粗雕的小鱼，和下面的木质风琴竟然意料之外地和谐。穿过客厅进入内院，里面放着一张长桌，可以在这里看书、画画，或者和其他小伙伴谈天说地。院子里有一个天井，所以也不用担心内院光线不好。穿过天井还有一个外院，边上就是厨房，可以在外院吃饭喝茶。

在这家民宿，随处都可以看到民宿主人对空间和布局的精巧安排，所用的家具或装饰物品都和周边的自然景物融为一体。就像这幅画一样，某个木屋前的废弃石磨盘就被布置成一个"伪茶台"，上面摆着破旧的铁壶和几个闲置的茶碗作为装饰，没有丝毫生硬的感觉。

又比如在民宿中闲逛时，我无意中发现放在台子上的花瓶，一支嫩芽随意伸出来，构成一幅绝美的图画。不用加任何雕饰，自然淳朴就是最美的样子。

049

　　从远处看，木质结构的房屋被众多不知名的绿色植物环绕，其屋顶的大部分面积也都被绿色植物覆盖，给人一种回归简朴的自然的感觉。而这些房屋的搭建充分遵循了大自然的规律，依山而建，尽量不破坏大自然原本的样子，这也是我对这家民宿最深刻的印象。

这家民宿中除了有众多养眼的绿色植物外，还种有许多美丽的花朵。我在和民宿主人的闲聊中，了解到民宿中种有各种不同季节盛开的花朵，其中就有我最感兴趣的曼陀罗花。听说，曼陀罗花很神奇的一点是，它的花都是一起盛开，再一起凋谢，所以人们欣赏到的要不就是满树的花苞，要不就是全部盛开的花朵。

说起曼陀罗花，我对它的印象主要来自于各种小说，尤其是外国小说。里面经常把曼陀罗花描述得很神秘，也使我这个小说迷对它产生了不小的兴趣。没想到，在这家民宿中，我终于看到了这种花，坐在曼陀罗花旁边的石凳上，我细细观赏，体会着旅途中再一次意外收获新鲜事物的开心和愉悦。

在民宿中，我感受到了久违的轻松。曾经的我也被埋在繁重的工作中抬不起头，没有时间看看天空、闻闻花香，放松一下紧张的大脑。虽然有过无数次"来一次说走就走的旅行"的想法，却都在实行前就主动退缩放弃了。所以，当我在曼陀罗花下品茶，在青山绿树中潜心绘画时，觉得真实的自我又回来了，我又找回了那个有梦想、有拼劲的自己。

所以，书里你看到的这些画都是我实现自己梦想的足迹和记录，它们也都是我旅行最好的见证和最美好的回忆。如果你也厌烦了每天过同样一种生活，不妨停下脚步，回过头来，你会发现一片不一样的天地，那里也许就有你想要实现的梦想和愿望。

旧物仓：旧物上开出的艺术之花

旧物仓，厦门这座文艺之城中的一朵美丽的艺术之花。在这里，不仅可以欣赏到虽然破旧却艺术感十足的优秀作品，还可以找到属于一个人的旧时回忆。

厦门，给我留下了许多美好的印象，除了整座城市散发出来的文艺而自由的气息之外，很大一部分原因是这个地方的文创水平一直处于全国前列，旧物仓就是其中的一个优秀代表。

倉。

2012.7.31 —2015冬。
謝謝你前來，説一声再見

　　相信大多数人知道旧物仓，是因为它的花砖。旧物仓的主人杨先生很喜欢收集花砖，尤其是一些已经被扔掉或要作为垃圾进行处理的花砖。他把这些花砖收集回来，并做了一些艺术上的延伸扩展，废物利用，使这些原本被废弃的花砖有了新的价值和存在意义。

　　旧物仓的其他艺术品也完全遵循"旧"这个原则，所有的东西都是"旧物"，这种艺术创作既节约了材料，也利用了更多闲置或废弃的资源，传达出来的理念也是值得现代文创行业借鉴和参考的。

一个旧的木抽屉盒挂在墙上，里面放着一个磨损严重的军用水壶，水壶中随意插上一小段树枝，就变成了一幅装饰画。

在旧物仓里面，有新仓和旧仓两个屋子，这一盆是新仓那边的，一个有古朴味道的、用石头做的像碗的器皿，里面种了一些多肉植物。

这是个很普通的坛子，以前是用来腌泡菜的。因为盆底不稳，所以被一个废弃的金属架托着，坛子里插有一束干花。

这两个有些破损的篮子里随意放着一些芦苇和干花，整体呈现出的韵味特别美。

　　在旧物仓的参观过程中，我看到很多有意思的组合和搭配，虽然单个拿出来并不显眼，也没有什么特色，但通过一些简单的创意，这些物品之间产生了化学反应，呈现的效果令人称赞。

这是一面用各种风干植物做的照片墙，也是我很喜欢的一幅图。它以油画框为底，上面粘一些风干过的植物，从远处看十分有画面感和冲击力，是一件非常有创意的作品。

在这面照片墙的下面，有很多破旧的器皿，有的器皿已经完全破损，有的器皿则相对完整一些。这些器皿上都留有许多岁月的痕迹，是时间沉淀后给我们展现出来的真实画面。它们的每一道划痕、每一处缺口，都包含着很多故事，悄悄藏着那些不为人知的只属于那个时代的悠悠记忆。

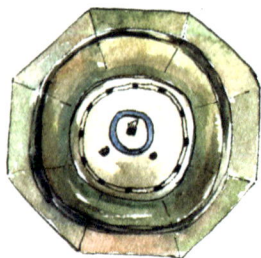

旧物仓中有年代感的小器物。

旧物仓中有意思的旧物展示。

我很喜欢画有年代感的小器物，觉得它们都是从平凡生活中沉淀下来的带有特殊意义的物件，也许它们不像博物馆里的文物那么有历史意义，但它们也是普通人的生活印记，是有着各种不同故事的文化遗产。所以，在旧物仓，当你看到这些熟悉的老物件时，相信一定会勾起对过去美好时光的回忆。

旧物仓中看到的各种组合物品，体现出了摆放者的用心和审美。

在干花照片墙的旁边有一个不起眼的角落，杂乱地摆放着几个旧柜橱和一台已经坏掉的缝纫机，上面铺着些随意放上去的干花。如果把这几样东西整齐地堆放在角落，估计会使人感觉这个角落过于杂乱，也没有什么美感。但是在旧物仓，这些平常的东西经过排列组合，变成了现在呈现出来的有艺术感的作品，这种神奇魔法在旧物仓比比皆是，让人不禁感叹旧物仓主人的艺术创造水平的确十分高超。

旧物仓咖啡馆掠影。

像上面展示的照片一样，在旧物仓，不同角落有着不尽相同的摆设：有的是以前的大字海报；有的是缺口的木板，上面可能还新添有一些文字；有的是从海里不知名的地方漂流过来的木箱。陈旧的花砖，配上同样陈旧的木板和木箱，搭配出富有独特味道的作品。

旧物仓里有一家咖啡厅。这家咖啡厅也十分有意思，需要提前和他们约好时间，不然就有可能赶上歇业，特别的是，他们没有固定的休息时间，基本上是哪天想休息了哪天可能就不营业了。虽然很任性，但却和旧物仓的随性风格一致。如果你想品尝这家有性格的咖啡厅的咖啡，一定要记得提前和这里预约时间。

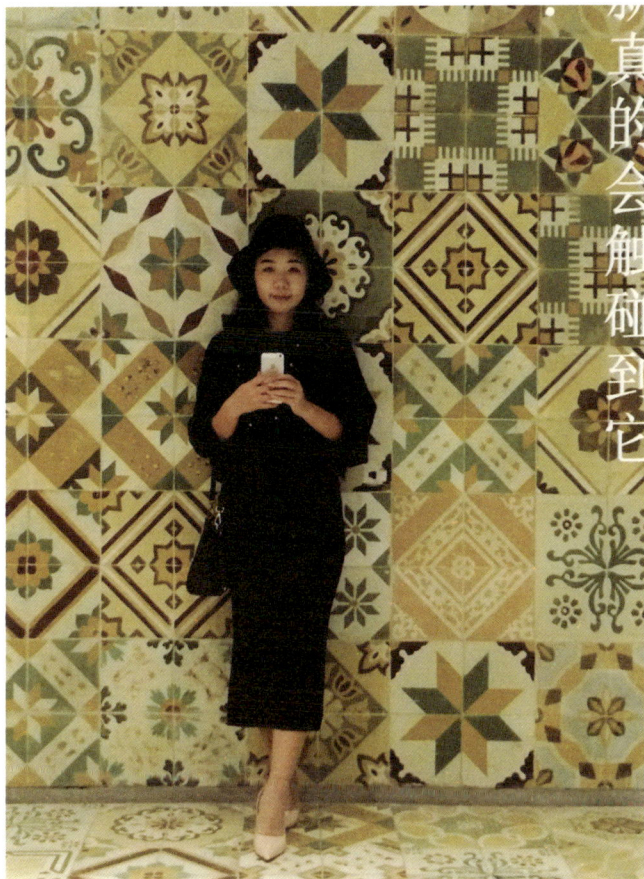

在这里听一个有关生活美学的分享会时，我特意在花砖墙前的合影。

这里是旧物仓最为出名的花砖墙，虽然只是一条小小的走廊，却吸引了大批游人来这里合影留念。无论是花砖的造型还是它们的摆放位置，都令人过目不忘，而且走廊上方放有一面巨大的玻璃镜，镜面反光到花砖墙上，把它衬托得更加璀璨耀眼，是一件让人印象深刻的艺术作品。

Add：厦门市思明区西堤新港广场南楼0109

Goodone
旧物仓

Foolfood
中古厨房

Goodone
时光花园

Z3
再山

Goodone
生活美学院

　　在旧物仓，我参与了一次生活美学的分享会，当时门口放着一张叫"花砖银行"的海报，如果你喜欢花砖却没有地方放置，就可以买来放在"花砖银行"里，这是个有创意的贴心想法，很多对花砖感兴趣的人都参与到这项活动中来。

　　这次的生活美学分享会也很有意思，使我对如何认识生活中美好的事物有了不一样的角度和看法。

在分享会上，一位来自中国台湾的音乐专辑封面设计师，和人们分享了他的一些有意思的封面设计。

这位是我一直很喜欢的弹古琴的巫娜老师，我和朋友一起品茶时经常会放一段巫娜老师的古琴曲。在分享会上，巫娜老师结合当时会场的氛围，即兴演奏了一段，十分精彩，使人们的心情变得宁静、平和。

旧物仓这个品牌旗下还有一家名为"时光花园"的咖啡厅，位置就在西堤别墅旁边的咖啡一条街。这家咖啡厅的主题也和旧物仓一致，里面的桌椅沙发都是破旧的，给人一种时光倒流的感觉。

这是咖啡厅很有代表性的旧沙发，看着或坐在这些有年代感的沙发或椅子上，会感觉仿佛又回到了多年以前的旧时光。点上一壶清茶，品尝几种美味的糕点，看着周围各种亲切又熟悉的老物件，就在这样慢悠悠的时间里度过一个下午，是我在时光花园里最美好的体验。

时光花园里的很多东西我都很感兴趣，比如这张矮矮的小桌子。我去店里时，它被放到楼梯口的位置，边上还配有一个同样矮小的凳子，与我们小时候坐过的儿童凳很像。在小桌子上放有一沓报纸，边上还放着一个药罐改成的花瓶，上面插着几枝盛开的花朵。既让人回忆了童年，又不失艺术感，是一种非常值得学习和借鉴的搭配设计思路。

　　这家店的楼梯也设计感十足，和旧物仓的花砖墙一样，楼梯也不规则地摆放着各种图案的花砖。楼梯是木质的，边墙上还吊有几束装饰用的干花。

对于爱好甜品的人来说，这里的几款点心也都各有特色，值得品尝。除了新出的甜品外，我基本上已经把这家店所有的甜品都尝过一遍了，很合我的口味，甜品的造型也让人感到赏心悦目。如果你也喜欢甜品，可以到这家店来尝尝，应该会让你不虚此行。

沙坡尾中的文艺小天地

对于很多普通游客来说，旧物仓可能并没有那么出名，但沙坡尾却为大众熟知，那里有很多富有艺术氛围的、新兴的工作室，是厦门艺术和自由之风最为突出的地方之一，也吸引了很多怀抱艺术梦想的年轻人来到此地，挥洒创意、释放灵感。

我虽然来过厦门很多次，也很喜欢这座充满艺术气息的城市，却对沙坡尾这个地方没有太多了解，之前也不是很感兴趣。直到有一次，一位朋友在沙坡尾开了一间工作室，他带着我走了很多间工作室，听了这些工作室背后的故事，这让我对沙坡尾有了不一样的认识，也让我对这些在沙坡尾为理想而努力奋斗着的年轻人有了一些亲切的感觉。

再生海

再生海店内的布置和陈设。

音频·旅行故事：旧物之美

　　"再生海"位于沙坡尾的民族路转角处。这家咖啡厅的很多家具，比如上面呈现的桌子、架子等家具都是他们自己用漂流木重新设计、改造而成，很有艺术感。

这家店在沙坡尾斜对面，分为两部分，一部分是制帽室，另一部分是卖旧物的房间，中间由一扇门间隔开来，门上挂着一个写有"制帽室"的简易牌子。

制帽室里各种造型的帽子。

在制帽室里有各式各样的帽子，因为我平常很喜欢帽子，所以看到后就走不动了，细细地把这里看了个遍。这里的帽子不像商场里摆放得那样整齐，既没有按照材质分类，也没有按照用途划分，只是根据主人的喜好随意展示。其中羊毛毡的帽子特别多，造型也精巧别致，有很多我以前没见过的样式。

卖旧物的屋子里的小器物们。

　　另一间卖旧物的屋子里有很多屋主人从各处收集的小物
件，和旧物仓的形式有异曲同工之处。

沙坡尾有意思的路边小店。

　　在沙坡尾的路边闲逛，会不时看到各种富有个性的小店，在习习的海风吹拂下，不仅不会感到劳累，反而会因为美景、美食和美好的心情而更加兴奋。

厦门的咖啡馆多得数不清，我也喝过不少，但给我留下印象最深的，还是偶然在海边喝到的一杯"手冲咖啡"。这是一个流动的咖啡厅，一辆改装的小车、几个简单的煮咖啡工具，就构成了简易"咖啡厅"。它没有固定的位置，每天都在不同的地方出现。

我有一次在海边的公园里遇见了，当时觉得坐在凳子上，眺望远方的鼓浪屿，衬着天空和海水、阳光构成的夕阳景色，咖啡的香气显得格外迷人。

沙坡尾美丽的落日海景。

　　有机会遇到这些让我感兴趣的人和事，是我一直渴望旅行的重要原因。看未知的风景，和碰上的陌生人聊天，在一个个遇见和再见中收获对自己有意义的回忆，应该是我每次出游最为期待的事情之一。

　　这是沙坡尾一家民宿里的一间小屋，面积不大，却因为设计得当而显得宽松舒适。由于我常年在深圳工作，那里的房租也是相当可观的，因此，如何更好地利用有限的空间是我一直以来感兴趣的话题。看到它时，我除了感到十分惊奇外，更多的是佩服设计者的巧妙构思。虽然这间屋子的面积很小（仅六平方米左右），却被设计得很宽松，并不会让人产生局促感，这也给我提供了一个设计室内空间的新思路。

　　这间屋子的床是榻榻米，床边放有一张比较大的书桌，桌子上方的墙壁上安有几个木架子，可以摆一些杂物，既节省了空间，也不会使书桌显得凌乱。听民宿主人介绍，这间屋子里面的装饰品都不是花大价钱采购的，而是以旧物利用的方式进行装饰和布置，包括照片中的那段树枝也是台风过境后从外面捡回来的。在我看来，树枝和灯光、白墙组成的整体效果颇有一些水墨画的韵味。

我们住的这家民宿，除了住的房间设计得别致小巧之外，其他空间运用也十分精细，无不体现出主人的良苦用心。

从房间的窗户往外看，会发现不远处有一个小小的避风港，里面停着许多船只，海水慢慢涨潮后，这些船就会漂浮到水面上。

可以想象，住在这里，晚上躺到床上后，吹着淡淡的海风，听着海水潮起潮落，应该会是一种惬意的享受吧。

在这家民宿外的一面墙上，意外地挂着几辆自行车，远远看去，好像在排着队，等着人们往上攀岩和骑行。

在这里，本来已经报废了的自行车重新焕发出活力，也有了新的存在意义。像这样的废物利用方式在沙坡尾，或者说在厦门还有很多，它们为这座文艺之都增添了些许不同的色彩，是可持续发展理念在文创产业的最好展现。

在岸边有一家做河豚的饭店，我们晚上在这里吃饭，我第一次尝到了河豚的味道，边吃边和朋友开玩笑地互说再见。众所周知，河豚是一种有剧毒的食物，如果处理不好很可能就会中毒而亡，所以料理河豚的店都需要有专门的资格证。感谢那家大厨，让我们在品尝到河豚的美味之后也没有发生什么意外。

　　吃完河豚，我和小伙伴在岸边随意散步，看见海面上灯光的倒影倾泻下来，便感觉像是一幅天然的油画在眼前展开。再把这张照片旋转一下，则更像是一幅抽象派的画作。这也应了那句话，生活中并不缺少美的景色，而是缺少一双发现美的眼睛。

在沙坡尾，既有河豚这样危险而诱人的美食，也有土笋冻这种接地气的厦门独有的美味。土笋冻是闽南地区的特色美食，因为其主要材料为虫子，所以对它的评价也是两极化，喜欢的人会觉得这种有着果冻口感的食物爽滑可口，不喜欢的人则会觉得这就是一大堆被冻僵的虫子。我第一次吃土笋冻时，和朋友一起点了一大份，第一感觉就是这么一大盆的虫子太吓人了，所以对这种美食一直保持着敬而远之的态度。

但在沙坡尾的这家店里，土笋冻被做成了果冻一样的大小，虫子自然也被切分为长短不一的小段，比起一整条虫子来让人容易接受多了。我也是第一次仔细品尝这种食物，果然特别鲜美。听店家介绍，他家土笋冻的原材料是从安海镇直接运过来的，保证每天提供给食客的都是最新鲜的食材。所以，如果你也像我一样不太敢吃整条虫子的土笋冻，也可以来这家店试试，相信你会喜欢上土笋冻的味道。

当然，这家店不仅有好吃的土笋冻，还有一群热情开朗的小伙伴。每个人虽然都有不同的追求和目标，但奋斗的心却是一样的，都在为实现梦想做着努力。

　　就像我之前说的那样，在挨着岸边的路上有许多店面，虽然都布置得很简单，但无论是墙上的涂鸦，还是店主人精心准备的家具，都可以看出他们对于艺术和生活的认真和热爱。

在沙坡尾，我参观了很多工作室和小店，其中大部分都很擅长旧物利用，他们会把别人打算丢弃的东西进行艺术加工，这样，得到的就是充满创意的崭新艺术品。这些年轻的艺术家们正在用他们像魔法棒一样的双手，把厦门变得更加具有生机和活力。

抛弃酒店，获得住宿新体验

刚开始出去玩儿时，我和大多数人的选择一样，会挑一些评价比较好的酒店入住。但在一次短途旅行中住过一家民宿后，我就彻底抛弃了住酒店，而培养起了住民宿和青旅的习惯。此外，我还有一个小习惯，就是不会在一个城市里住同一家民宿或青旅两次，即使这家店我很喜欢，也会在下一次时换一家新的店体验。这样，旅行也会相应地增加一些未知的乐趣。

因为我很喜欢厦门，所以在这座城市里住过的民宿自然也是最多的。而且，厦门的民宿大多数都不会让人失望，环境和条件都比较不错。厦门的民宿和青旅类型丰富，既有连锁式的国际青旅，也有一些特色的自营民宿，还有针对某一人群或事物的主题民宿，和被做成文化品牌的民宿等等。这些风格迥异的民宿和青旅使人们来厦门时住宿的选择更加多元。下面，我就给大家介绍几家我之前住过的民宿和青旅，希望可以给你一些有用的参考和帮助。

在厦门小时代公寓看到的火烧云。

碎碎念：如何才能挑选到适合自己的青旅或民宿？

在出门旅游之前，找到一家不错的宾馆是大多数人都会做的一件重要的事情。通常，人们在选择宾馆时主要看重的都是交通是否便利、设施是否完善、价格是否合适，还有其他旅客对这家宾馆的评价如何。在选择民宿和青旅时，除了关注以上几个方面，最为重要的（也是和普通酒店或宾馆不同的地方）就是挑选出自己喜欢的风格，也就是说，你可以有更多的选择空间，去住你喜欢的风格的房间，而不是像入住大多数酒店时看到的千篇一律的住宿风格。

每一家民宿和青旅都带有很强烈的个人风格特点，反映着屋主人的情怀、性格和品位。你可以通过各种订房网站来看民宿和青旅不同的规划设计、家具装饰、颜色搭配、房间格局等，有的还会有各种活动和住宿条件的展示，这些都吸引着有相同爱好的小伙伴们相聚。

当然，除了最为重要的风格及兴趣元素外，民宿、青旅与普通酒店的不同还着重体现在和陌生人的交流方面，在这里你有更多的机会认识更多的陌生人，并结交到和你有共同爱好或梦想的朋友。这是在普通酒店中难以做到的事情，但在民宿和青旅中却很容易实现。在这里，来自天南海北的游客都成了"熟悉的陌生人"，可以坐在一起谈天说地，聊自己感兴趣的话题或事情。据我的住宿经验，基本上选择入住这些地方的人都是热爱交流的，他们会把住宿的感受写到游记或论坛中，和大家分享住宿体验。所以，你在挑选民宿或青旅时，可以重点关注游记或论坛中的相关评价，这样也会比较容易挑选出令人满意的住宿地点。

如果是第一次选择青旅或民宿，我推荐入住一些连锁式的民宿或国际青年旅舍，这些地方都已经形成了自己独特的形式和规模，在住宿条件和安全性方面都更规范化，也会让你比较容易适应这种住宿形式。

关于民宿还要补充一点，就是国内的民宿和国外相比，还属于起步阶段，很多店都存在不规范的问题，因此，在选择民宿时一定要慎重判断和挑选，尤其要注意民宿的安全和卫生问题。

艺术过家家：画室与民宿的完美结合

这家店是我在厦门住过的比较喜欢的民宿之一，它的名字也很有意思，叫"艺术过家家"。这家店的主人从事艺术类工作，以前学过版画，这里原来就是他的画室，后来稍加装修做成了民宿。因此，这家店里有许多雕塑和绘画工具，被摆放在客厅或宽敞的地方。我住这里时，有空了就会到客厅坐一会儿，看看里面的雕塑和版画，或者和店主人边喝茶边聊一些和绘画、艺术有关的事情，对我来说是很有意思的住宿体验。如果你也对绘画、雕塑感兴趣，就可以挑选一些类似"艺术过家家"这样的民宿或青旅，相信会对你的绘画或艺术创作有所帮助。

艺术过家家内部的空间展示。

民宿中可爱又慵懒的小猫。

在村子里，我们才是主角……

　　不过，这家民宿有一个问题，就是位置有些偏僻，在黄厝新村里。我当时是晚上到的厦门，这个村子当时也没有路灯，周围也比较荒凉。所以，在选择民宿时还是要注意地理位置的问题。

卢卡国际青年旅舍：小雕塑中的大心思

不同于刚才介绍的"艺术过家家"，卢卡国际青年旅舍的地理位置要好很多。这是一家连锁式的国际青旅，在厦门已经开了好几家分店，建议没有住过青旅的人，如果想尝试的话，这种类型的青旅是比较好的选择。

我挑选的这家有很多不同造型的小雕塑，被放在整个院子的各个角落，而我也饶有兴趣地找了一遍。在花坛中有一个"沉思着"的雕塑，在某个角落有一只"休息着"的小动物，还有在院子里"坐着聊天"的几个破旧的玩偶，等等。这些雕塑放在青旅的不同位置，有的不仔细看就会被忽略掉，我在找的过程中有一种寻宝的感觉，这对我来说也是一种全新的住宿体验，也使我找回了小时候才有的单纯的快乐。

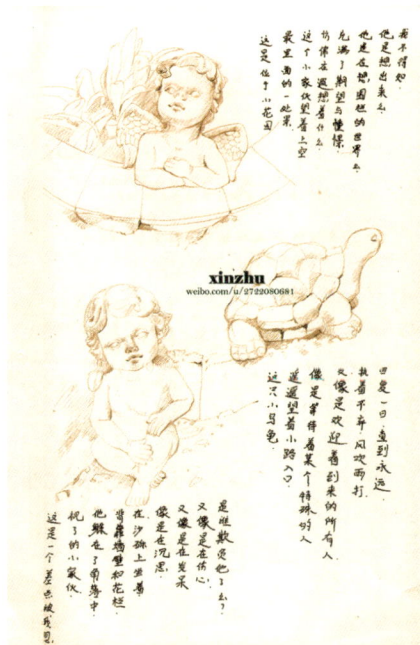

厦门小时代公寓：海边偶遇最美夕阳

在 2016 年年底，我在厦门短暂旅居过两个月，住的是"厦门小时代公寓"，这家民宿的房间很大，住起来真的有"家"的感觉。可能是淡季的原因，有很长一段时间这里只有我一个旅客，因此我在这里享受到了贵宾级的待遇。不仅可以独占巨大的客厅，而且可以在阳台的榻榻米或懒人沙发上进行绘画或休息。

有一次，我早上四五点就醒了，于是坐到阳台的榻榻米上，等着看日出，透过无数高楼，阳光慢慢地洒下来，给整座城市披上了金色的外衣。等到中午时，朝另一个方向的窗户看去，发现随风卷起的微微细浪，在阳光的照射下散发出点点金光，晃得人睁不开眼，却还是忍不住想仔细看一看这波光粼粼的美景。下午时，西边窗户自然是最好的地方，太阳慢慢西去，只留下余光和晚霞还在和人们做最后的道别。住在这样的高楼里，可以看到因太阳的变化而产生的不同美景，使我工作起来也更加有动力了。

在小时代公寓里看到的不同时间的夕阳美景。

也是在这里，我第一次看到了壮丽的火烧云。说来很巧，那天我一整天都没有出公寓，而是窝在屋子里画画，等我下午到客厅接水时，才发现西面天空都被火烧云覆盖了，我甚至忘记了喝水，迅速拿出相机在窗口不停地抓拍，可惜照出来的照片不能完全体现出它所有的美，只有亲眼看见才能感受到那种震撼。虽然火烧云存在的时间仅有十几分钟，却足够去欣赏和赞叹它的美丽。

这三家店是令我印象最为深刻的，也是我比较推荐的厦门民宿和青旅。当然，我还有一些感兴趣的民宿没有住过，也希望以后可以体验更多不同风格的民宿。如果有机会的话，我也希望能做一家有我自己风格的民宿，里面挂满我从各地收集到的一些有趣的小物件和我去各地采风的画作。未来有无限的可能，也希望可以早日实现这个愿望。

民宿推荐之番外篇

上海大隐国际青年旅舍：上海弄堂中的江南人家

除厦门外，上海的青旅同样给我留下了深刻的印象，这家青旅的名字叫"上海大隐国际青年旅舍"。它所在的地理位置正如它的名字一样——"大隐隐于市"，这家店在一个破旧的弄堂的尽头，门口只有一个简单的牌坊。我第一次去时，独自站在牌坊下纠结了好久，觉得这家店的周边环境让人有点害怕，但网络上的诸多好评又让我十分想进去体验一下。正当我在门口做激烈的思想斗争时，有两个外国人从里面拎着行李出来，看着他们离开时的笑脸，我鼓起勇气，想着既然来了就进去看一下，不行的话我再换地方。幸亏我的坚持，让我没有错过这家有特色的青旅。

走进大门，就有一种柳暗花明的感觉。首先进入眼帘的是一个苏州园林式的圆形拱门，是典型的江南风格。

进去之后是一个很大的天井，天井中有一间巨大的玻璃房，里面有一张看起来很舒服的懒人沙发和一张很长的桌子，

如果你有空闲时间，就可以坐在懒人沙发上，和来自不同地方的人聊天。

　　穿过玻璃房继续往里走，可以看见前台和一个小小的咖啡厅。接待处旁边有很多书架，上面放着许多不同类型的书，像一座微型的图书馆，里面的书可以随意取阅。如果看累了，还可以选择在边上的小咖啡厅点上一杯咖啡，或几款小吃。通过聊天，我才知道原来这里的厨师，有的并不是固定的工作人员，而是志愿者。我和其中的一个志愿者短暂聊过天，他的话让我至今印象深刻。

　　他已经走过了许多城市，在很多家青旅做过不同的志愿者，他和我说，他很享受这样的生活，做自己喜欢的事，看不同的风景，接触各种陌生人。而且，他现在已经会做很多不同地方的特色食物，他的下一个梦想是背包去国外，继续这样的生活。在谈到梦想时，我从他的眼神中，看到了对未来生活抱有的希望光芒，也希望他可以向着梦想中的远方继续前进。

馨 竹 绘 画 小 课 堂

美 食 篇

　　旅行途中，美食是最不能割舍下的经典项目，无论是街边的苍蝇馆子，还是富丽堂皇的精品饭店，都是大多数人的心之所向。如今，用照片给食物"消毒"的方法早已遍布大街，画出美味的食物其实会更有乐趣。这里，给大家介绍两个比较容易上手的美食画法，希望可以给你的旅途带来一些不一样的精彩回忆。

几笔就能勾勒出来的日常美味：哈密瓜

　　无论在日常生活中，还是旅游途中，食物都占有不小的比例，如果我们可以通过寥寥数笔，把吃过的或者看到的美食画下来，也是一种好玩儿的记录生活的方式。比如下面的哈密瓜就很容易画，赶快拿起笔试一下吧！

哈密瓜的原始图，找好角度
是关键。

摆好后首先要画出大致轮廓。

在此基础上添加一些食物的
特殊细节。

上色时要注意先画大面积的
地方，第一次上色时色彩要
淡一些。

上完第一层颜色后，第二次上色时要特别注意明暗色彩的区分，要根据实物来进行上色。

对一些细节，如哈密瓜籽、哈密瓜皮等进行上色。

对比实物后，对画作进行一定的补充和填色，使画出来的食物更加真实。

哈密瓜是生活中常见的水果，像这种钢笔淡彩的感觉，不用太炫的技法，便可透出生活的随意，每个人都可以尝试画上几笔，记录下自己日常的吃穿住行。

最简单的美味：蛋糕卷

哈密瓜算是最简单的一种食物画法，下面再教大家一个画起来难一些的食物——蛋糕卷，因此附上视频教程，感兴趣的读者可以参考视频教程进行学习。

附二维码视频教程

蛋糕卷完成图。

首先我们要用铅笔或原子笔画出底稿，可以在画上用铅笔标出各种阴影或不同颜色的地方，为下一步的上色做好准备。

上色时可以先从中间部分开始，之后逐步向外填色。

在上色时要注意阴影和颜色深浅的搭配，注意你的照片或食物的方向，不要出现违背自然的现象。

上色时除了主要的蛋糕卷外，还要注意盘子和蛋糕阴影的上色，不要忘记了它们。

最后，对画再做一些小的补充和修改，使它更加具有真实感。

现在的我，除了在实现自己梦想的道路上飞奔外，还希望可以让更多的人实现他们绘画的梦想，因此我也开设了自己的绘画教室，下面这些都是我学生们的作品，虽然里面有的画作还稍显稚嫩，但你看，他们都在为自己的某个梦想努力着呢。

学 生 作 品

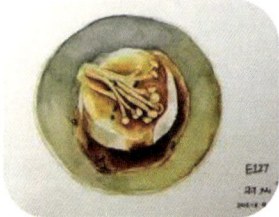

北京

红墙绿瓦，细说一世繁华

走街串巷

北海公园

故宫

北京 798 艺术区

万里长城

深宫后院，

上演无数悲欢离合；

市井街巷，

胡同中慢品百味人生。

　　北京，对我来说主要有两个方面的感受：一是传承；一是创新。作为中国六大古都之一，这里许多地方都有历史的痕迹，古老的东方文化在此得到了传承；另一方面，这也是一座创新之城，各种新的思想、新的艺术火花在此碰撞，并焕发出无限的活力。

　　正如前文所说，我一向不喜欢去热门的景点凑热闹，但北京绝对是一个例外，在这里，我更喜欢去那些热门景点中寻找、挖掘那些被人们忽略掉的"精髓之处"。虽然在北京的时间不长，但我还是去了几个历史感、艺术感十足的地方，下面就跟着我，来看一个不一样的北京城吧。

走街串巷：感受四九城里的烟火气

在北京，我尝试着用线路图的形式来记录我住的地方和它周边的一些景区，绘制这种线路图很简单，也容易上手，在日后回忆这段旅程时，只要拿出这幅画，我就能回想起当时的情景。这里推荐给大家，下次旅行时也可以试试画这类线路图。

画线路图类题材的时候，要注意抓住你的主要目的地、主交通线，把与你的目标物不相关的内容做减法处理，以周围的空来衬出你的主旨目的。色彩上尽量干净、纯度高一些，比较容易呈现明快、清爽的画面效果。

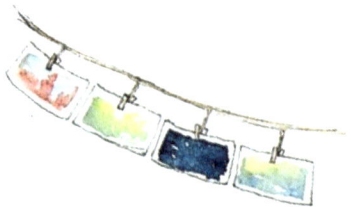

音频·旅行故事：北京的青旅

这幅画主要用的是手账式的记录方法，尤其要注意文字的排版设计，它比纯画作式的表达多了一些情绪的传递。针对这幅画来说，在绘制这种大面积的墙面时，要注意微妙变化的处理，如果太平均会显得死板，变化太大会杂乱，在高灰的基调上微微加入一点环境色，让颜色富有一定变化的同时又统一在一个高灰调当中。

这是我在北京时入住的青旅——瓦当国际青年旅舍。在这里给大家再普及一个有关青旅的小常识。"国际青年旅舍"是可以接待外国游客的，这些青旅中的大部分是连锁式的，因此条件和设施也相对完善一些，基本都有专门的网站可以进行预定。所以，如果担心个人的青旅可能存在安全问题，就可以优先考虑这些"国际青年旅舍"。

这次和我同住的有一个学俄语的深圳姑娘，她的性格十分开朗热情，我们在一起聊天，还相约以后有机会一起坐国际列车穿越俄罗斯。另一个姑娘是和我一样学美术的，当时她即将去中央美院读研，而我也打算这两年去进修学习，因此也和她聊了许多，对自己的未来也有了更加明确的规划。

这幅画中有两个素材的表达。一个是石雕部分，它的重点在线稿上，其中，结构层次是影响结果的最为关键的因素，因此要根据明暗关系来表达出线条的轻重浓淡变化；另一个是猫咪的部分，处理这类毛茸茸的题材时要注意把这部分画得松一些，可以运用湿画法来叠加颜色，让色彩自然地晕染散开，注意要在纸张半干的状态下完成这个操作。

喵…

青旅中的这只肥猫，看出来吃得好香！

从青旅到车站，穿过老旧胡同，有很多人家门口有着各种样式的石雕，不如通过这如何称呼？

　　因为我住的青旅就在胡同里，所以放下行李后，我就开始沿着胡同的小路闲逛起来。在很多院子门口，都会有一些这种造型的小型石雕，虽然它们有一个专属的名称——"石墩"，但我还是喜欢叫它们石雕，在我的眼中，它们都是有着美丽花纹和岁月印记的艺术品。

音频·旅行故事：门的故事

处理这类积累感强、经岁月侵蚀比较强烈的内容时，要注意笔触的运用，相对来说笔触要偏碎、短一些，颜色上偏重低灰调。在整体上要减弱对比度，稍往暗灰色偏，让画作中的实物能表达出岁月的状态。

不论走到哪里，我都喜欢去看门、窗、锁之类的元素，这些都是我们日常生活中常见且不可或缺的东西，从它们的纹路或残缺上我们可以看到时间留下的点点印记，同时，我们也可以从这些元素上看到这个城市所独有的风格和特色。

这是胡同里一个四合院的大门，它上面的对联被雨水洗刷模糊，而且接近支离破碎，门底部的铁饰也已锈迹斑斑。门框上原有的颜色几不可见，干干的泛着白色。这种在自然条件下产生的肌理效果，是任何人造痕迹都无法比拟的，这也是我一直所追寻的一种生活之美。

我也经常会画些像上图这种漫画格的小图，火柴盒大小的地方无法表达出太多的细节，却是一种锻炼整体画面把控能力的上佳方法。

碎碎念：初学者看过来——
关于画漫画式小图的注意事项总结

在画这类小图的时候，需要注意以下几点内容：

（1）明确要表达的主体。

（2）明确主体色调。

（3）明确明暗关系。

（4）抓准整体和透视的关系。

（5）远近空间拉开距离。

有句俗话说得好："大图用小笔，小图用大笔"。意思就是大图需要用更多的细节来表达，才能支撑起一幅大画的耐看性；小图则要简练概括整体的布局关系。脑子里清楚了这个关系，就能比较轻松地画出好看的小图来了。

北京后海的酒吧街，是很多年轻人到北京后必去的一个地方，这里的自然景色也十分优美。我在傍晚时分溜达到了什刹海，夕阳西下，落日的余晖洒落在湖面上，与树木在水中的倒影辉映交叠，构成一幅天然的、以冷暖对比为主要表达手法的完美作品。

沿着湖边一路走过去，天色也慢慢暗下来，这里晚上比白天热闹很多。各家酒吧开始营业，不时地有歌声从店里面飘出来，和安静的什刹海形成了鲜明的对比。

让我们荡起双桨：北海公园的坐船体验

　　北海公园其实是意料之外的一个行程，我们原本打算去恭王府，但是根据路线图，从酒店坐公交，下车后，发现站台旁边就是北海公园的一个大门。于是便任性地临时改变了行程，决定去北海公园里面逛一圈。

这是另一幅比较简单的路线图，在平常生活中可以多搜集一些图标类的素材，如：指示牌、标签、交通工具等，在需要时就可以灵活运用到不同的画面中。

北海公园也是我到北京后参观的第一座皇家园林，对于这里，我最大的感受就是一个字——"大"。最终我们也只走了公园一半左右的路程，没能全逛下来。这也留下了一个小小的遗憾，希望以后有机会可以完整地走一遍。

北海公园中偶遇到的流浪猫。

  在北海公园里，我看到了很多流浪猫，它们的胆子都很大，一点也不怕人，好像已经习惯了在园子里的生活，对于往来的游客也并不在意，自然地流露出主人公的神态。

  其中一只流浪猫吸引了我们的注意，当时它正准备去抓一只老鼠，所以整个身子呈紧绷状态，眼睛死死地盯住老鼠，小心而缓慢地靠近猎物。等到时机成熟，便如一道闪电般地扑了过去，"快准狠"，动作一气呵成，成功地抓住了老鼠。这也让我们这些围观的人不约而同地发出赞叹，这只流浪猫嘴里叼住老鼠，只看似高傲地看了我们一眼，便昂着头跑到小山丘的后边去了。

墙面的砖石结构只在猫咪的地方勾勒出了细节，其他的位置都是直接用大面积的亮灰色来做概括性表达。草地的部分，底部用对比比较弱、晕染很柔的处理手法，让人的视觉聚焦到猫的位置。这就是在一幅画当中通过构图去引导视觉和情绪的方法。

音频·旅行故事：猫咪捕鼠

图中植物的部分先做了一个大面积的晕色，然后再用钢笔去把实物的部分勾形。画的时候要特别注意主题层次关系，即把"植物—猫—假山—墙"这几层关系的距离空间表达出来。在这里我主要通过造型上的前后遮挡和用颜色拉开对比的手法进行展示。

音频·旅行故事：船的故事

这个画面的构图灵感来源于摄影中的"鱼眼"镜头，整幅画中的大部分地方都是空白的，但岸上的树和建筑却是极致的密，形成了"密不透风"和"疏能走马"两种不同风格的强烈对比。用弧形的一圈一圈的线条来表达出水面的旋涡感，由于水波纹是比较虚的事物，在线条的处理上需要注意做到有虚有实，这样才会增加画面的真实感。

和许多人一样，我之前对于北海公园的印象仅局限于《让我们荡起双桨》这首歌，里面描写的白塔、小船、岸边的绿树，都让年幼的我对于北海有了一种莫名的亲切感。这次到了北海公园，自然要去体验一下在北海公园划船的真实感觉，果然令人难忘。

可能是刚好选在工作日的原因，整个北海公园的人都不多，所以后来我们便把小船停在比较靠近白塔的地方休息赏景。伴着微微清风，随着水波轻晃，小船也规律地摇摆着，我来了兴致，拿出画笔便开始对着白塔细细描画起来，过了一会儿，猛地一抬头，才发现小船在不知不觉中已经被水波往前推移了一段距离。为了追求好的角度，我只能隔段时间便把船往外划一划。好不容易快大功告成时，水面上突然来了一阵很大的风，吹得小船开始猛烈地左右摇摆起来，好像随时要翻过去一样，吓得我赶紧收起画笔和画本，和小伙伴一起努力朝岸边划去，还没等我们划到岸边，这阵风突然就停了。我和小伙伴相视一笑，都觉得刚才是不是有点太大惊小怪了，搞得像台风来了一样。

在北海公园的水面上，除了游船之外，还有许多野鸭和鸳鸯，它们同流浪猫一样，也不怕人，所以有的游客会特意划船过去，甚至有些大胆的小朋友还会探出船外，想去摸一摸这些可爱的水鸟。

很多人都会觉得红配绿是很土的一种搭配方式，但在北京的建筑群上，我们看到了很多红配绿的搭配，不仅不土，反而搭配出了恢宏大气、雄伟壮阔、贵气非凡的感觉。

北海公园中有特色的花纹和
雕塑作品。

我一直觉得，每座城市都有属于它的独特气质，相应的也
有属于它的专属色彩。在我看来，北京的代表色彩就是明黄、
铁锈红和石绿，这三个颜色也刚好构成了紫禁城的主色调。明
黄色在中国向来是帝王家的独享颜色，而建筑上搭配的琉璃瓦
大多数都是石绿色，与铁锈红的城墙正好形成相互映衬的局
面。因此，无论是北海、颐和园这样的皇家园林，还是故宫这
样的皇家宫殿，都是这三种颜色占据了绝对核心的位置。

我在北海公园里也发现了这一点，所以，看到一个保存得
比较完整的牌楼，就会忍不住赶紧画下来（如 P127 页图）。这
些建筑物不仅在颜色搭配方面十分突出，而且也能从这些建筑
上看出古代工匠们手艺高超，有的甚至可以说是巧夺天工。没
有机器帮助，　点一滴都是工匠人用纯手工技艺做出来的，看
到后不禁让人由衷地为这些手工匠人的高超技艺所折服。

碎碎念：挑花眼的颜色应该如何搭配？

　　在我们上色的时候，大家都会有这样的烦恼，到底应该上什么颜色才能准确表达出我们的想法呢。其实，像上面提到的绿色或红色，都是一个大色相的范围，里面包含着很多的细分色彩。比如：

　　绿色：黄绿、嫩绿、石绿、橄榄绿、墨绿、翠绿……

　　红色：橘红、大红、茜红（绛红色）、玫红（玫瑰红）、酒红、铁锈红、深红……

　　各种细分色彩的不同搭配都能产生不一样的画面效果。所以我们在选择颜色时，可以先确定大的色相，再通过一些调试来确定要上的颜色。当然，这种颜色的选择问题说起来虽然简单，但要真正选择起来却不是那么容易，除了可以通过大量的作品来练习和摸索出颜色搭配规律之外，也可以选择多做一些混色色卡来帮助挑出搭配比较完美的颜色。

故宫：紫禁城中聆听历史的声音

从小时候起，我就对中国古代的历史感兴趣，不论是历史人物，还是建筑遗迹，或是传世文物，我都想要去了解一下，因此我也买了很多历史方面的书籍。甚至，在读书时还被朋友开玩笑说选错专业了，应该去考历史系或考古系。比起读书，我更喜欢亲自到这些有历史古迹的地方，去看它们历经岁月后留下的痕迹，感受它们在时间长河中沉淀下来的内敛气质。这些文物由于存在时间不同，所留下的内涵和文化意义也不尽相同，留下了各种令人称道的精彩故事。

在中国，大多数地方都留有各种不同的历史古迹，我每到一处旅游，就喜欢去看当地的博物馆，或者是去一些有代表性的文物或遗址的地方参观。所以，到了北京，我自然是要来故宫走一走、看一看的。

　　故宫除了馆藏的众多精品文物外，其本身的建筑也是重要的历史遗迹，因此我这次的故宫参观主要是以看建筑和雕刻为主，并没有花太多的时间关注文物，下面的介绍也主要以这些内容为主。

目前故宫开放的宫殿，很多都已经被修复过了。就我个人而言，不是很喜欢看这种修复好的宫殿，觉得会把它本身自带的气质掩盖掉。历史既然在这些建筑上留下了痕迹，就应该全部保留下来供后人去参观和欣赏，残缺也是历史留给我们的另一种美，修复过的建筑看起来总觉得少了些精髓，这是很可惜的一件事情。当然，有些建筑和文物的修复是为了保护它们，为了可以让未来更多的人看到，这是一件矛盾的事情，希望以后可以在修复和保护文物的同时，也能尽量多地保存它的历史痕迹，不要让后面的修复把它本来的样子完全覆盖。

相信只要是来过北京的人，基本上都会去故宫，参观的路线也就是常规的那条主线。主线上的建筑保存得都比较完整，里面的文物也相对多一些，其吸引的游客数量也是非常可观的。人山人海中，想看一眼大殿里面放了什么文物都成为一种奢望。当然，如果你身高足够，那么这些人也不是问题，如果你和我一样只是普通身高，那么我还是建议主线上的宫殿看看远景就好了，把重点放到人相对少很多的偏殿去吧。

不在主线上的宫殿，游客少了
很多。

133

在汹涌的人流面前，我们果断放弃了主线，走了很多小路和偏门，这些地方的宫殿和建筑虽然不如主线上的那么完整和宏伟，但也保留了比较多的历史痕迹，我们在这些地方慢慢地欣赏了很久。

比如，我们会蹲在某个石阶上，对着它上面雕刻的花纹争论半天，并和在其他地方看到的不同花纹进行对比，看是否因为宫殿主人身份的不同，而造成这些花纹的差异；或者我们会趴在某个宫殿的门缝上努力地往里面瞅，想知道这些尚未开放的地方是否真的藏有什么不为人知的秘密。比较有意思的是，其他游客看到我们在努力往里看，也会好奇地凑过来一起往里瞅，之后大家就会进行各种让人脑洞大开的猜测，可以和陌生人进行这种交流也十分有趣。

在偏殿前看到的各种好看的
花纹。

134

放在宫殿前的不同类型的雕塑和大缸（画这一类的器物，最重要的点在于造型上面的塑造。画画其实是一件很主观的事情，要学会去感受自己心里最直接的想法，看到这个事物时你最想表达的是什么，这就是你进行取舍的判断来源）。

在故宫里，很多宫殿外或角落里都有一些用铁或铜做成的雕塑，不同大殿前的雕塑也不一样，很多时候这些雕塑就是殿主人身份地位的象征。

我们在看这些雕塑时，发现了一件很有意思的事情，狮子或有狮子头做装饰的大缸等雕塑上，狮子的头和背部一般都比其他部位更亮一些，很多游客都喜欢去摸一摸这些地方，好像摸了之后会给人带来好运一样。当然，只有主线上的雕塑们有这个待遇，一些偏僻宫殿前的雕塑就没有这种"运气"了，连和它们拍照留念的人也少了很多。它们都朴素地保留着风吹雨打的痕迹，上面斑驳的铜锈和残缺的花纹也都是故宫最好的见证。

在画这类器物画的时候要注意把握整体的造型，由大形到细节，要注意画面中主次的差别。

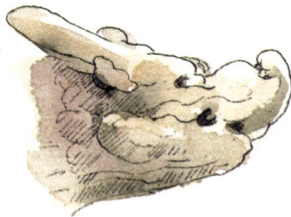

这组素材来自于某个建筑上的局部和单个的器物，在色彩的应用和处理方面有一些不同：

（1）在局部内容的处理方面，首先明确自己要表达的内容是什么，虚实取舍是第一步，之后要通过光影对比来塑造出物体的体块与特色。

（2）在石头的颜色处理上，采用的是高灰色调，目的是用明度高、纯度低的色彩做主体颜色，用色相的微妙变化来增强画面的色彩丰富性。

故宫中发现的各种小型的器
物和造型。

在故宫里，除了宫殿和雕塑外，还有一类让我不得不画的就是植物了，故宫里大部分宫墙殿宇都是红墙绿瓦的形式，葱绿色的植物作为这些建筑的辅助，点缀其中，形成了一种和谐的配色之美。

在画风景图，尤其是像这样的概念小图时，由于条件限制而无法表述太多的细节，因此画面的整体构图与空间表达的重要性将会更加醒目地得到体现。画这种漫画形式的组图有很多构图的原则与规律可以运用，而我上面介绍过的"密不透风"和"疏能走马"是应用最广的方法。

在表现树木的时候，要学会对枝叶进行"打组处理"，组与组之间的层次关系、边缘处的轮廓造型效果、树干与枝叶的材质变化等，这些是我们处理树木类题材的关键点。

故宫里的树木很多和宫殿建筑一个"年龄"，有些甚至比宫殿的年代还要早一些，真的可以算是"活着的古董"了。它们见证了中国几代王朝的兴盛与衰败，也见证了在这里上演过的无数悲欢离合，人间百态。它们如果有思想，是否会觉得，从禁卫森严的紫禁城，到现如今游人如织的著名景点，人类社会的发展竟然如此之快？它们是否会发出这样的感叹："人类虽然是大自然中占据绝对领导地位的物种，但也是变化更新最快的一个物种啊！"

故宫中小巧的御花园（线稿中，因为没有色彩的辅助，所以全部需要用不同变化的线条来表达。要注意线条的长短、直曲、疏密、轻重、缓急等的组合问题。）

音频·旅行故事：萧败的御花园

这是官方介绍里的御花园，为什么要这么说呢？因为这个地方真的是太小了，和影视作品、小说中描写的御花园差距太大。所以，不要对御花园有太多美好的幻想，以为它是一座美丽的大花园，而它其实只是一个很小的园子。

虽然我们都吐槽御花园太小，但这里还是值得来参观欣赏的。看着地面上凹凸不平的石板，和从石板缝隙中长出的杂草、青苔，再回想以前，这里一定会被宫人们精细地定期打理，那些深宫佳丽们也肯定会聚在这里打发时间，让人有种恍如隔世的感觉。

在穿过无数的小巷和殿宇之后，我们终于绕到了珍宝馆。可能是因为另收门票的原因，来这里参观的游客并没有那么多，从照片上的这个地方过去就会看到一个空旷的如广场般的地方，中间铺的是平坦的石板。这里的树木不像故宫其他地方那么多，靠近宫墙的两侧才有一些修剪得很整齐的树丛，密密地挤在一起，和边上空荡荡的广场形成了鲜明的对比。

去珍宝馆的路上看到的偏僻的小门。

珍宝馆中精美的文物。

在珍宝馆里，展出了许多故宫馆藏的精品文物，让我们好好地过了一下眼瘾，大开眼界的同时也对明清时期皇宫的富丽堂皇有了更加直观的感受和认识。

根据故宫官方的介绍，这里是慈禧的卧室。在这张床的正对面的门上装有玻璃，透过玻璃可以把里面看得很清楚。没想到，这么朴素的地方居然就是封建王朝中那个传奇女人日常安寝的地方。

这是一处没有对外开放的园子，被锁着的门框隔开，我看到它的第一眼就觉得这里特别漂亮，便忍不住把手机钻过没有玻璃的门框，把它拍了下来。一圈红色的外墙遮挡住里面的景色，在墙面上留有一块块的水痕，和雨水滴落下来的韵味十分相似。这面墙的下方由不同颜色的碎石拼接而成，冷暖两种颜色和谐地组合在一起。墙里面的景色也显得层次感十足，有假山、有亭子、有大树。虽然地方不大，里面的东西却一点不少，我们当时就猜测这里以前的主人应该是位深受皇帝宠爱的妃子吧。

音频·旅行故事：被锁住的亭阁楼宇

144

在遇到这种画面的时候，特别要注意墙面部分的处理。靠前的红色院墙，颜色明亮且要言之有物，画的时候颜色可以相对纯度高一些，此外可以加入一些水痕处理，让画面有积累层次，这样不会显得平平的一块，而会比较有立体感。后面园子里宫殿的红墙，颜色相对外墙要暗沉平整一些，这样两个红墙就可以拉开空间距离的层次。

当你画的元素是一个大面积的完整形状时，要注意找到这块面积里面的变化，甚至是把变化做夸张处理，让这块区域呈现出更丰富的内容。

在故宫中有很多类似的转角，高低不同的建筑，层层落落地如同被精致组合的积木一般。在这个角落的对面，是一个回字形的走廊，整座院子被不同的建筑或树木的投影交错遮盖，所以很少能有被阳光直射的地方，给人感觉会有些阴凉。阴凉，是我对故宫中地处偏僻位置上的绝大部分宫殿的整体感觉。不知是由于这些宫殿旁的树木太过高大不透光的原因，还是由于故宫年代久远、故事太多的原因，站在回廊上望向这个角落时，无数痕迹被遮盖在阴影下，如同无数不为人知的故事被掩埋在这座紫禁城内一般，会让人真切地感觉到深宫后院里暗藏有无限凄凉。

这类画面要注意两个方面的内容：一个是注意颜色方面的处理，另一个要注意的是造型上要有透视感，就是在画面中设定一个消失点，如果设定得当，就会有一种从巨大到没有的极致对比。

这个场景我看见时就有种似曾相识的感觉，在很多古装电影或电视剧中，当要表达主人公身份发生转折时，都会有这样的镜头出现。高高的宫墙，很长很孤寂的一段路，预示着主人公前路茫茫、看不到未来的希望。我站在这个地方，无形中便感觉到一种压迫的力量，高大的外墙和被宫墙的阴影遮盖住的、没有变化的、看不见终点的道路，这些环境元素无不让人感到压抑。当我想到，有那么多处在青春年华的少女被这样的高墙深宫锁住，默默无闻地度过自己的一生时，就会觉得这片雄伟的建筑群可能并没有外表展示出来的那样辉煌和绚丽。

水面有很多种处理方式，具体选择用哪种方式需要根据光影及你的主观意识来判断。像这幅画，我想让看的人有一种画面中包含无限深层，遮盖有很多故事的观感。所以在绘画的时候，就选择做了很多层的晕染，并把它们都叠加在一起，形成画上这种层层叠叠、云涌变化的感觉。

音频·旅行故事：平静水面下的翻涌

　　走出故宫不远就是护城河，也正是这条不宽的河流，把宫廷与普通百姓的生活隔开。象征着至高权力、森严等级、规矩框架的巍峨宫殿，与护城河外百姓平凡却自由的日常生活形成了鲜明对比，不知道是城墙里面的人羡慕外边的人多一些，还是城墙外面的人羡慕里面的人多一些呢？

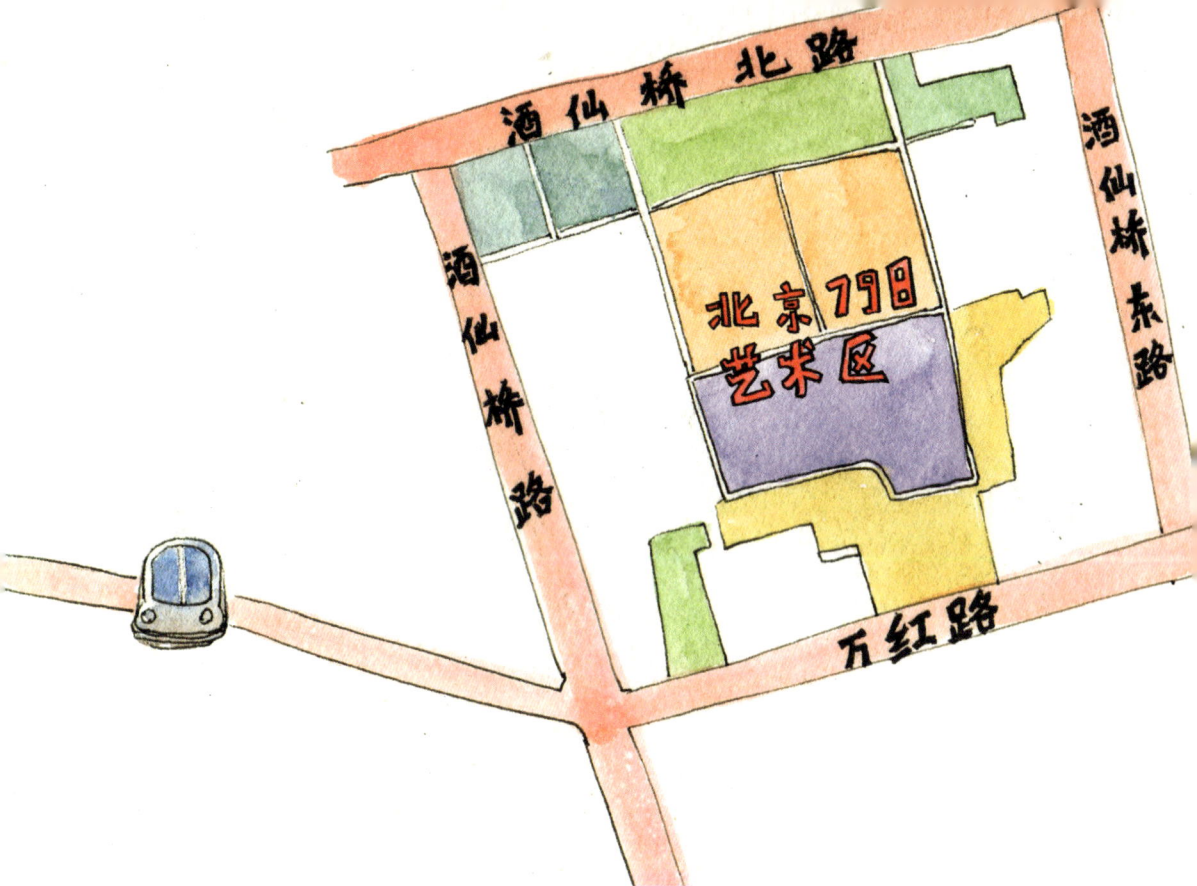

798 艺术区：艺术撞出创意的火花

　　这是我第二次到北京的 798 艺术区，第一次是在 2007 年，当时正好在高考前，备考到北京进修的我除了参观一些美术院校外，还去了几个有名的艺术区，其中就包括 798 艺术区。我至今还记得那天的场景，天灰蒙蒙的，人非常少，每个画室或展厅都是以水泥墙的灰色色调为主。因此，我记忆中的 798 艺术区是安静的，甚至给人一些孤傲的感觉。

我把三个不同的事物构置在一幅画中，作为对 798 艺术区的印象开端，画上有画展、有雕塑，还有很多衍生商品悬挂在斑驳的墙上。这个斑驳的墙面是以餐巾纸为媒介，用胶水粘到水彩纸上，再用水彩进行上色而形成的效果。

音频·旅行故事：798 斑驳的墙面

这些展厅的摆放风格都是宽松而又随意的，里面放着好多艺术品，供游人或学生来此参观。主人就悠闲地坐在那里看书喝茶，或者看到有人进来参观，便抬起头给你一个微笑，接着便做自己的事情去了。那时的 798 艺术区整体的氛围都是宁静、个性和独立的，大多数艺术品的主人也还没有那么多功利心，所以艺术的氛围也更加纯粹一些。但这次去 798 艺术区给我的感受就完全不同了，整体氛围都是热闹的、嘈杂的，少了很多之前令我印象深刻的独立工作室，多了很多商店和餐饮店。这里不再是艺术的汇聚地，而真正成为一个旅游景点了。

音频·旅行故事：798 中呐喊的雕塑

在一个不起眼的墙角边，立着这样一组雕塑。我仔细观察它们，仿佛感受到了它们的呐喊和怒吼。最右边的雕塑没有头部，不知道是设计师原有的创意，还是后期被人为把头部破坏掉了，反而使整个雕塑造型更显悲壮。这一组雕塑的整体感觉，和后面斑驳的背景墙构成了鲜明的对比，给我的内心造成了极大的触动。我站在那里，真切地感受到了它传递给我的那种撕心裂肺的、痛不欲生的强烈的情绪状态。于是我没有丝毫迟疑，马上拿出画笔把这幅画画了下来。正因为它带给我的艺术冲击力，使我当时有了想马上把它记录下来的冲动。我想，一件好的艺术品，就应该有这种使人感同身受的感染力存在吧。

这座绿色的雕塑，犹如一个巨大的绿巨人，而如果画作上仅有一个绿巨人的雕塑，未免会使整幅画看起来不协调。所以我画了一个 Q 版的小人放在石头上，比例也是按照雕塑所对应的大小来画的，这样就使整幅画看上去协调了很多，也增添了一些趣味性。在日常生活中，我很喜欢画一些自己的 Q 版形象，在合适的时候就会放进画中。在这本书里也放了一些我的 Q 版形象，不知道细心的读者们能不能发现它们呢？

798艺术区中，雕塑占了很大比例，在街边角落，或展厅、画廊、餐厅的门口，都经常会有各种大小不一的雕塑出现。所以，如果你很喜欢雕塑，那么一定要来798艺术区好好逛逛，和这些雕塑进行一次无声的对话和交流，我相信一定会让你大有收获。

798艺术区中的各种雕塑。

798 艺术区中用旧厂房改造而成的一个个独立的艺术空间。

798 艺术区是一片由废弃工厂改造而成的区域，因此，这里的建筑都是厚重且高大的，是那个时代典型的工厂厂房形式。由于受这种建筑形式的影响，798 艺术区里面弯弯绕绕的路特别多，很容易错过一些很有意思的艺术作品。

当我被 798 艺术区的转弯搞得身心疲惫时，一个不经意的转身，发现了如此美好的一个画面。太阳的余晖透过繁密的枝叶，零零散散地洒落下来，树后遮掩着的是几座砖红色的厂房。这些元素构成了一幅使人产生无限遐想的图画，老厂房静静地待在那里，像一位进入耄耋之年的老人，安详地坐在树荫下，感受着太阳带给他的最后一点温暖，孤独地等待着黑夜的到来。

798 艺术区中早经废弃掉的火车站和火车头。

虽然 798 艺术区的游人很多，但你可以像我这样，走一些小路，或到一些偏僻的角落，这样你可能会发现一些不一样的艺术创意。

这是一个铁拳头雕塑，如果仔细观察，会发现这个雕塑上已经有了很多斑驳的铁锈，给人特别有力量感的感觉。这个雕塑很大，高度大概可以达到一个普通成年人的身高，所以在雕塑前面时真的会觉得自己变得渺小。

音频·旅行故事：橱窗里的
旗袍

在一家店的展示窗里，我看到了一件美丽的旗袍。本想进去仔细看一下的，结果很不凑巧，那天这家店已经关门，所以只能透过玻璃窗来简单欣赏一下这件旗袍。

其实我一直都很喜欢旗袍，觉得它是一种很好的展现女性风情的服饰。我觉得每一个女生都应该有一件属于自己的旗袍，可以把自己独特的风格、气质展现出来，当然旗袍的布料、款式、花色等细节也很重要。只要慢慢寻找，总会找到专属于你的那一件旗袍。

在 798 艺术区中除了各具特色的雕塑之外，还有很多画在墙面上的涂鸦，也很有味道和艺术感。虽然有的涂鸦第一眼看上去时会觉得画面很潦草，好像儿童的画作，但如果认真看一看，就会发现有的画作中有一些暗含的抽象画风格，是一件有着作者思想内涵的艺术作品。

音频·旅行故事：旅行中的
涂鸦

798 艺术区中的各种涂鸦。

　　虽然游客很多，但 798 艺术区中的各种创意雕塑、画展中精美的画作、墙壁上的涂鸦作品等都给我留下了深刻的印象，其中，吴贯中先生的绘画作品展给我留下的印象最深。如果要画这次关于 798 艺术区最深刻的记忆，那么必须要有一幅关于他画展的画才算圆满。

看得最远的风景：八达岭长城的徒步之旅

俗话说得好："不到长城非好汉"。除故宫外，长城也是北京的一个标志性名片，我们也不想错过这个雄伟的地方，便把北京之行的另一个重要参观地点放到了著名的八达岭长城。

除了我和弟弟之外，还有在青旅认识的另外两个女孩和我们一起去八达岭长城。我们四个人一大早就去德胜门坐大巴，一路晃晃悠悠到了长城脚下。北京的长城其实很多，除了著名的八达岭长城、慕田峪长城外，还有一些没有被开发保护起来的野长城，虽然听说野长城的风景更粗犷大气一些，但因为怕出安全问题，我们还是选择了八达岭长城。以前我只看过长城的图片和视频，并没有亲身感受到它的雄伟和壮阔，但真的站在长城脚下时，才能真切地体会到万里长城的伟大。

作为另一个著名的旅游景区，八达岭长城自然和故宫一样，参观游客特别多，但如果你爬过几座烽火台之后，就会发现游客一下子少了很多，长城上非常空旷，很长时间都看不到一个人。这也让我们有了继续爬的动力，原来这里有几个非常陡峭的转弯，爬起来十分困难，所以大部分人到这里后都会原路返回。我们几个感觉体力还可以，也非常想感受一下没有人的长城，所以当下决定继续往前爬。

　　长城边上种有许多枣树，远远望去让人感到赏心悦目。在
这些枣树的掩映下，蜿蜒的长城好像柔和了许多，只有那残缺
的烽火台还在倔强地、高高地矗立着。虽然我也很想过去看
看，但听从那边回来的人说，那边是没有修复过的长城，还不
允许过去参观，我们也只好把这个想法作罢。

　　往上爬时，我也在不断观察着城墙上的石头。这些石头的
体形巨大，在经过这么多年的风吹雨打之后，依然保存得比较
完好。这些石头给我带来了许多感触。不禁又一次感慨古人的
智慧竟如此之高，在没有机器辅助的年代，古人究竟是运用了
什么智慧，才能把这么多巨石搬到山上，并建造出了如此令人
惊叹的雄伟建筑？

爬过刚才说到的转弯处后，就可以看到这样的风景。我们终于可以摆脱拥挤的人群，细细地欣赏长城的美丽。走到这个转弯处时，我们已经爬了四个多小时，路程其实并不长，但是因为人太多，我们根本走不起来，有的地方甚至需要排队等待一段时间才能继续前进。因此，虽然这个转弯处的陡坡有的接近七八十度的倾斜角度，边上也没有太多保护措施，但我们还是决定爬过去。

音频·旅行故事：萍水相逢于长城的美好记忆

爬过了好几个陡坡后，游客
越来越少。

　　我们爬过好几个非常陡峭的坡，发现能看到的游客越来越少，只有零星的一两个，便更有动力往前爬，直到看不到其他人了，才停下来休息。在休息时，我们发现这边的视野更加宽广一些，远方的景色也更加迷人，便开始拍照留念，到后来，拍得兴起，便开始拍一些有意思的搞怪照片。也正因为没有其他游客，才能让我们在长城上尽情撒欢，留下了这样的独特纪念。

和小伙伴们一起在空旷的长城上摆起了 pose（姿势）。

返程时，我们发现有楼梯可以下去，便直接走到了出口的位置，也就是把坐缆车的距离爬了过去。虽然很累，但因为看到了令人心怡的风景，又玩儿得很开心，所以一致觉得走那么远的距离还是十分值得的。

这是我对八达岭长城最为深刻的印象，也是我最喜欢的两幅画。每次看到它们，我都会回想起这次的长城之旅，和在长城上眺望远方时的遐想，不知道在天空的尽头会有什么样的风景，会不会也有一个同样好奇的人在往这边看呢？是否他看到的这边也只有一点点呢？

在这次长城之旅后，我对长城产生了极大的兴趣，希望有机会可以去其他省境内的长城看一看，体验一下是否和北京的长城有很大区别。

下山后，我们看到了一些被圈养起来的狗熊，都懒懒地躺在那里，有的狗熊身上的毛都掉得只剩一块儿一块儿的了，虽然它们的样子很可爱，但我还是觉得它们很可怜，也希望大家到这里时都可以抵制这些动物表演。

我们在下山过程中还看到一只大螳螂，很嚣张地趴在阶梯上，人从它边上走过去，它也不动，好像是这里的主人。

到了北京，不去爬长城真的会留下一份遗憾。我们还在长城上看到了七八十岁的老爷爷和老奶奶，我不禁想到，以后自己到了这个年龄，希望也可以和他们一样继续到处旅游，看一看，走一走。

在北京，除了上述景点外，我还应朋友之邀去了位于北京顺义的七彩蝶园。园中自然环境优美，有各种奇花异草和各式美丽的蝴蝶。在这里，不仅可以和蝴蝶来一次亲密接触，还可以了解关于蝴蝶的各种知识，以及亲眼看到蝴蝶完整的成长过程。这是人们亲近大自然的一个好去处，也是我的北京之行中特别难忘的景区之一。

七彩蝶园
地址：北京市顺义区高丽营镇南郎中村北一千米
电话：010-89422110

165

碎碎念：印象·北京——历史古都，也有一抹时尚之色

我一直觉得，每一座城市都有它独特的气质。深圳应该是20岁左右的年龄，有的是拼搏、热情、朝气满满的城市气质；厦门是30岁左右的年龄，虽然也还有激情，却多了一些精致小资的城市气质；杭州是40岁左右的年龄，出身书香门第，有着修身养性的城市气质；北京是50岁左右的年龄，出身豪门世家，有着深厚的历史和文化底蕴，却也尝试着创新和现代化，有一种兼容并蓄的城市气质。

北京，虽然是座历史古城，但又有着许多现代创新的内容。这两种文化在北京这座包容的城市里和谐共存，碰撞出了许多精彩的火花。每一次来北京，我都会收获许多新的感受，它的变化太快，但又如此有趣，如此令人感叹。所以，我也无限期待着下次到北京时，迎接我的会是什么难忘的感受和体验。

植物篇

植物，也是我们日常和出游时不能忽视的重要元素。这里就给大家简要介绍一个画蘑菇的方法。如果你希望了解更多植物的画法，可以扫描书后的二维码，里面会有更多介绍。

分分钟就能搞定的蘑菇家族

蘑菇，是我们常见的一种食物，也是一种画画时很好上手的植物，下面就跟我一起，来画出简单又可爱的蘑菇家族吧。你也可以扫一扫下方的二维码，通过视频来学习画出蘑菇家族。

附二维码视频教程

首先，我们来画蘑菇家庭的
第一个成员。

画蘑菇时要先画蘑菇的小伞
部分，后面再画茎部。

因为蘑菇的种类很多，所以我们可以自由变换形状，画出各种不同的蘑菇形状。

可以在蘑菇的小伞上画一些斑点，会更加真实。

除了画单一的蘑菇外，我们还可以画这种连在一起的蘑菇。

我的蘑菇家族合影。

上色时最好从蘑菇的边上开
始，逐步往里面上色。

如果不太确定应该用什么颜
色，可以先在边上的调色盘
上试好颜色，再往画上涂。

如果是覆盖在浅色上的深颜色，一定要放到最后再上色，上色时注意不要太多，以免完全遮住以前的颜色。

上好颜色的蘑菇家族合影。

因为植物比较好上手，所以我在教学时也把绘画植物作为重点教程，下面是我的学生画的一些植物作品，请大家欣赏。

学 生 作 品

贵州

翠山层峦，误入山寨见惊奇

贵阳
肇兴
地扪

翻山越岭，

望不尽的秀美山川；

大山深处，

苗寨里感受淳朴风情。

在我的印象中，贵州是一个有着强烈神秘色彩的地方，许多少数民族在这里繁衍生息。我对于中国的少数民族文化一直有很强的好奇心，想要去了解他们的服饰、建筑、习俗等内容。正好有两个朋友要去贵州地扪，我便跟着他们一起走上了去贵州的旅程。

我们这次出行总共有三个人，一个是摄影师，一个是搞美食的，而我是画画的，从事的都是和美有关的行业。我们这次去的地方并不热门，路程也曲折漫长，虽然待在贵州的时间很短，却给我留下了很深的印象。这里也要对摄影师小伙伴表示特别感谢，因为他曾经来过这个地方，所以这次的行程全部由他来帮我们安排，省去了不少麻烦，让我们看到了如此美丽的景色，认识了朴实热情的侗族人。

火车上看到的贵州风景。

悠悠青山中，探寻地扪神秘古寨

　　对比我的单独旅行，和朋友一起出游会有一些不同的乐趣。同一个景点或事物，我们会从不同的角度进行解读，走在路上的关注重点也会不同，所以，互相交流这些不同点就是这次行程中让我印象最深的地方。此外，由于这次同行的有一位专门研究美食的朋友，因此我们对贵州的美食也大大探究了一番，下面也会单独列出章节来介绍一些这次行程中吃到的美食。

为贵州之行专门准备的手账本。

肇兴侗寨照片。

　　我们先坐高铁到达贵阳，在贵阳住一个晚上，第二天一大早出发去肇兴侗族的寨子游览。肇兴侗寨是全国最大的侗族村寨，我第一次亲眼看到了侗族的寨子，接触到一些侗族文化和侗族的艺术品。但因为肇兴的侗寨已经被开发，所以这里的风格也开始向其他景区靠拢，少了一些生活的气息。我们只是在肇兴做短暂地停留，把此次行程的大部分时间都留在了地扪。

地扪是贵州省黔东南苗族侗族自治州黎平县茅贡乡下面的一个小村子，由五个自然村寨组成，住在这里的村民大部分都是侗族人，因此这里保留有许多侗族的文化和传统服饰。地扪处在大山之中，交通不便，我们到达这里的路途也较为漫长，往返都需要坐很长时间的汽车，中间还需要倒几次车。正因为地理条件的限制，使这里还保存着许多传统的风俗习惯，村民也都十分朴实好客。

在这里，我拥有了旅途中许多的第一次。第一次去没有饭馆的地方，第一次去没有正规旅馆的地方，第一次吃到了现抓现烤的小鱼，第一次看到了如此美丽却又即将消失的侗族刺绣……

地扪没有饭馆，只有原味的米粉可以在临时的早市上买到，中午和晚上都没有地方吃饭，所以在地扪的这几天，我们都是到村民家"蹭饭"吃。后来，跟我们熟悉了的村民还会热

情地邀请我们去他们家里吃饭，而且免费送给我们很多不知名的新鲜果子。这几顿饭也使我在贵州之旅中吃到了最难忘怀的食物，现在写字时还能回想起青菜碧绿的颜色、散发出来的清香及吃到嘴里的清脆口感，是我在其他地方都没有吃到过的专属于大自然的味道。

因为来的游客不多，所以这里也没有建旅馆，只有一家小小的招待所，一般是政府部门的人来这里做市场调查或下达通知等临时歇脚的地方。因为平常都没有人住，所以也没有专门的服务员或管理员。

招待所是一栋木质结构的房子，所以每次轻微的走动都会引起巨大的回响，在安静的夜晚尤其明显。虽然招待所的条件很艰苦，但好在这里的村民都很热情，所以我们住起来也没有遇到太多困难。

　　在地扪，我们很幸运地赶上了他们的民族节日，看了有趣的侗族传统戏曲，听到了非常动听的侗族民歌。在这样的节日里，侗族的男女老少都会穿上特有的民族服饰，这些衣服只有在节日和重要时刻才会穿出来，这也让我们三个大饱眼福。

　　这些民族服装全部手工刺绣而成，上面还配有许多大小不一的精致银饰，不仅耗时长，需要的人力也多。银饰还要避免淋雨，一淋雨就比较容易损坏，这些都使这些服饰愈加娇贵起来。村民们在平常会穿和我们一样的便服，只有在重要的日子才会把这些服饰拿出来穿。

在侗族的寨子里有很多这种造型的鼓楼，听当地人介绍，侗族的鼓楼和苗族的鼓楼有一些细微的区别，但一般人基本看不出来。我也拍了一些鼓楼的照片，但和摄影师一比还是差距明显。和摄影师一起出游有一个特别大的优势，就是可以拍出更多好看的照片，这张照片就出自我的摄影师朋友，拍的是水面的倒影，不是调黑白效果，而是投影效果。人物和边上的鼓楼各占一边，整个画面呈现出一种剪影的感觉。

　　我们是三月份去的地扪，那时天气还有些凉，当地湿气也比较大，每天早上都会给人烟雨朦胧的感觉。站在路边往前看，远方的房子仿佛和边上的青山融为一体，在大自然中竟异常和谐。这里不像我们久居的城市，望去满目高楼大厦，水泥建筑把我们与自然分开得太久了，在这里，我感受到了大自然的真实存在，而不是城市绿化带中的几棵孤零零的小树，或是街边花园中几朵难以察觉到的小花。在地扪这个地方，大自然才是主角，满山成片的绿树、随时都能看到的野花、山中各种不知名的飞鸟、小溪里没有见过的游鱼……时至今日，每当看到公寓楼下的小树时，我都会想起在地扪看过的那片森林，想起在大自然中生活过的那难忘的几天。

地扪的三月，各种花朵竟相开放，我们在爬山观景的同时，也留下了很多花朵的美照。

在地抯也有油菜花盛放，虽然面积不大，却也显得别致小巧，和远
处的风景构成了一幅美丽的画面。

像前文介绍的一样，地扪有几个不同的寨子，我们也有到其他的寨子里参观游览。我们去的那个寨子里有很多这样的粮仓，而且是成片成片地出现。粮仓是木质结构，像吊脚楼一样悬在半空，最下面放有一些灌木，上面就是储存粮食的仓库。这种粮仓只有一扇窗户大小的门，村民会来这个地方运输粮食。

音频·旅行故事：侗族寨子

189

　　由粮仓边上的小路继续往上走，爬过一个小山丘就能看到另一个寨子。我看到它时，就觉得它有一种天然水墨画的味道，因此在画这幅画时，也特意用了剪影的手法，并运用水墨的晕染效果来表达。

地扪的所有景色，都给人一种天然去雕饰的感觉，所有的建筑都能完美地融入大自然中。烟雨朦胧的天气也给这里增添了些许神秘色彩，让人感觉路正在慢慢地虚化，好像人走着走着就会消失一样。

在地扪，三月份的空气中充满了潮湿的味道。房檐好像随时都在滴水，给建筑和植物穿上了一层玲珑剔透的薄纱。

听同行的摄影师介绍，侗族和苗族除了鼓楼相似外，还都建有一些风雨桥，但是造型稍有不同。从这个角度看过去，鼓楼、村寨和风雨桥都出现在同一个画面里，和远处的青山共同构成了一幅完整的侗族山寨画卷。

虽然市面上有出售各种手工纸，但最原始的垂浆纸（即古法造纸）现在已经非常少见了，我一直想找一些这种纸进行绘画和创作。因此，在听村民说寨子里有一些垂浆纸时，我便请求他们帮我搜集一些，来画有关贵州部分的作品。

在侗族寨子里，这种纸已经不用于日常书写，只在祭祀时才会用到，因此纸张的数量也不算多。我从寨子里的老人那里收购了一部分，来画一些有关传统文化或少数民族文化的作品。其实，这些纸张本身就可以算是一件上好的传统艺术品，上面都有手工制作的加工痕迹，也是当地传统文化的一个优秀代表。

关于吃货的二三事

来到贵州有一点不得不提，就是这里的食物都特别鲜美，所有青菜的口感都很甘甜。这次同行的有一个专门研究美食的朋友，我们也跟着她吃到了不少贵州特色食物。

我们到达贵阳时已经下午五点左右了，第二天早上四五点就要出发去肇兴。即使在这么紧张的时间里，还是一放下行李就跟着她去找吃的，并且吃到了许多不同种类的美食。为了能吃到尽可能多的好吃的，我们每种吃的只买一点，然后再分着吃，如果吃到特别喜欢的东西，还会折回去再多买一些。

同行的摄影师是一个男生，他以前自己出来采风时从来不会关注吃的东西，都是随便去超市买一些凑合。这次跟我们出来，在贵阳时快被我们折磨疯了。在贵阳第二天早上出发时，我们在旅店下面的饭馆里吃了米粉，去车站的路上看到了刚出炉的糯米糍，便忍不住停下来买了两个尝尝，走到车站门口，我们又发现了另一家卖米粉的小店，这家店的米粉看起来和我们刚才吃的那家做法不太一样，因此又停下来买了一份，而且把看到的所有哨子都加了进去。就这样一路吃过来，摄影师朋友对我们十分无语，只能用拍照来抒发他对我们的"不满"。不过到了后来，他也被我们两个影响，看到什么好吃的也会提醒我们买来一起吃，这应该就是吃货所拥有的强大的影响力吧。

在贵州吃到的各种美食汇总。

在地扪吃到的新鲜蔬菜。

　　在地扪，我吃到了新鲜水灵的蔬菜，这是在城市里绝对尝不到的味道。在深圳，青菜长到这么大肯定就老了，口感也不会太好。但在这里，青菜长到这么大反而刚刚好，吃起来口感也很爽脆。

　　除了青菜之外，贵州的辣椒面也给我留下了深刻的印象。在贵阳和肇兴的小店里吃饭时，每家店的桌子上都放有一碟儿辣椒面，虽然每家的做法不尽相同，但都非常好吃。如果来贵州，一定要记得尝一尝这里的辣椒面，很有特色，与四川、云南的辣椒味道有一些区别。

贵州特有的辣椒面。

在地扪时，有一天我们在一位村民家里吃午饭，他们说起下午要去抓稻田鱼，问我们愿不愿意一起去，我们都没有抓过鱼，便答应了下来。稻田鱼是一种放在稻田里养的鱼，把小鱼苗放进稻田里让它自由地生长，等差不多一年后，这些鱼长到巴掌大小时就可以捞出来吃了。

下午人到齐了，我们就开始向山上出发，这一路也是惊险颇多。从寨子到稻田需要走盘山路，绕过众多梯田才能最终到达目的地。因为路程较远且山路难走，村民特意开了一辆农用三轮车拉我们上去。这里的山路非常窄，土地也因为湿气大而显得泥泞。即使这样，三轮车还被村民开得飞快，而且越往上走，越让人觉得害怕。坐在靠山的这边感觉还不是十分明显，要是你坐在另一边，就会感觉随时要掉下山一样，根本不敢往下看。

把车停好以后，还要走一长段路才能到达稻田。三月份时水稻已经被收割完，这之后，村民们会把鱼都赶到边上的一个直径差不多两米的水塘里。稻田鱼长得很好，鱼鳞在阳光的照射下闪闪发光，跟我们一起上山的还有几个小朋友，一点也不害怕，都开心地抱着鱼玩儿。

上山抓鱼过程中看到的景色和植物。

196

　　在山上建有一些小木屋，作为村民临时休息的地方，这里会储存一些木头备用。我们只带了一个水壶、一个盆和一些调料上山，其他如野菜、辣椒等都是到山上以后现摘的，真可谓是纯绿色无污染的健康食品。

　　村民收拾了几条鱼，放在水壶里做鱼汤，用的水也是山上的泉水，再加上刚摘的野菜，味道特别鲜。我长这么大，从没吃过这么好吃的鱼。不仅准备的材料新鲜，而且做法也完全是纯天然的。村民用两个"Y字型"的树枝架起水壶，下面用锄头挖出一个"U字型"的小坑，三面堆起土，一面用来放木头烧火，这样煮出来的鱼汤味道醇厚，特别鲜美。

　　另外一些鱼用烧烤的方式制作，也是十分原始的做法。把鱼处理干净后，用干净的竹签穿过鱼的身子。烧烤的时间也很讲究，不能用明火烤鱼，这样会把鱼烤焦，要把明火灭掉之后，用剩下的木炭的余温进行烧烤。在烤鱼的同时，村民也会把刚摘的辣椒扔进木炭上直接烘烤，等辣椒的表皮开始发焦，就可以拿出来了。

　　烤鱼的时间要久一些，这时村民就会抽空把刚才拿出来的辣椒捏碎，放入盆里，再加上些泉水和盐，等鱼烤得差不多了，就把鱼肉撕下来，去掉大的骨头，和野菜一起放入盆里拌匀。烤鱼拌上辣椒后，不仅没有了腥味，反而把鱼肉衬得更加细嫩鲜美，齿颊生香，现在回想起来我都还会流口水。

在贵州的这一路上，我们尝试了很多食物，除了在地打吃到的令人难忘的稻田鱼外，另一种鱼的做法也很好吃，就是著名的贵州特产酸汤鱼。在贵州，酸汤鱼也分为两种不同的汤底：一种是红汤，一种是白汤。红汤是用西红柿为主料熬制出来的，白汤是用米浆为主料熬制出来的，虽然用料不同，但都很好吃。有的店家还会把这两种汤底进行混合，做出来的酸汤鱼也十分可口。除了汤底，有的酸汤里还会加入当地产的辣椒，吃起来也是别有一番滋味。

贵州的酸汤。

当然，贵州的酸汤之所以味道浓郁，主要还是因为汤里加入了木姜子。我们在地扪爬山时，发现山上就长了很多木姜子，开花十分漂亮。在地扪，山上的野花遍地，村民有时会摘几朵来装饰屋子，我们跟着他们，不一会儿就摘了一大束。后来拿着累了，我便趁摄影师朋友专心拍照时，联合美食家朋友一起把花偷偷放进了他的背包。看到他没有发现，继续背包往前走时，我们两个有了恶作剧得逞后的愉悦，对着哈哈大笑起来，这个也算是和朋友一起出去玩儿才能享受到的乐趣吧。

与小伙伴的恶作剧。

碎碎念：贵州之行的小小感想

这次贵州之行，由于是和朋友一同游玩，所以也有了很多不同的感想。不同于一个人出游时的自由随意，和朋友出去时就要多一些迁就和包容，要及时沟通，多多交流。刚开始时，我们三个也经常有意见不统一的时候，也会有一些对于行程安排的争论，但经过几天的磨合，我们的关系就变得融洽多了，也能用更加愉快的心情面对旅游这件本来应该开心的事情。所以，在和朋友同游时，互相体谅包容，并找到大家都感兴趣的点是最重要的事情。也希望以后有机会可以再和小伙伴们一起去贵州的大山中游玩，在重山叠翠中体味大自然赋予我们的最原始的美好和感动。

人物篇

　　人物，算是绘画中比较难的一种，因此放到最后来介绍。这里为了降低难度，特意选了 Q 版人物作为分享，希望大家可以画出属于自己的 Q 版形象。详细的步骤已经放在二维码中，请扫一扫之后观看完整的 Q 版人物绘画过程吧。

绘制 Q 版小人，陪你轻松游世界

附二维码视频教程

首先，用铅笔画出大致的轮廓。

加深线条颜色的地方均为需
重点突出的部位，不必全部
加深。

开始给人物上色，从脸部开始。

之后给帽子上色，当然，人物
画里的装饰物就可以根据自己
的喜好自由上色了。

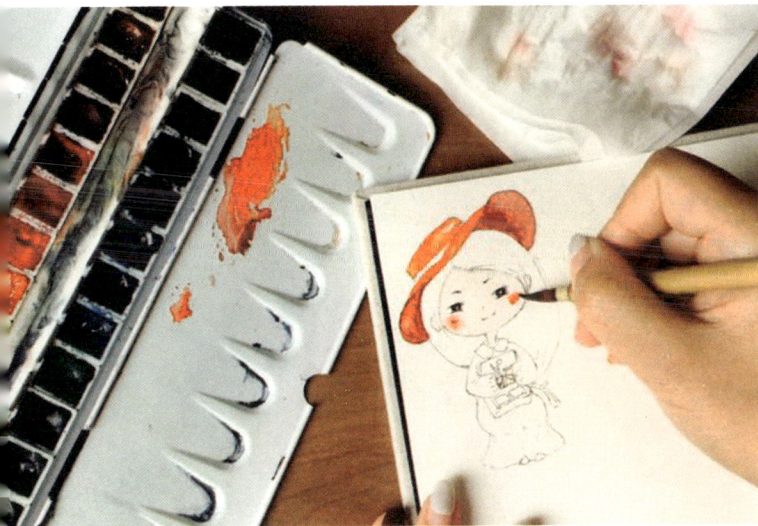

可以在人脸上突出脸颊部分，
使人物显得更加生动活泼。

在大面积上色后，对一些细节
部分进行加工。

其他都画好以后，为头发上色。

这样，一个代表自己的Q版
人物就画好了。

除了 Q 版人物外，时尚人物的绘画也是我在教学中重点
讲过的内容，下面是我的学生的作品展示。

学 生 作 品

除了食物、植物和人物的绘画教学之外，我还给学员们讲授了景物和其他一些绘画手法和技巧，希望在看过下面的学生画作后，你也可以马上行动起来，画出属于自己的情绪、心情和感动。

画 作 展 示

在生活中，有很多时候我们并不是真的做不到、没天赋，而且被自己假想的难题困住，不敢去尝试，就直接否定了自己未来的多种可能性。

经常会听到学员对我说："因为跟着你从零开始学绘画，让我意识到，也许自己有很多能力都像绘画能力一样被隐藏了。现在的我面对各种事情时，不再一开始就否定，而是会去勇敢地努力尝试，这也让我的生活中多了许多意外之喜。"

所以，不妨从绘画开始，给自己被隐藏的能力一个展示的机会吧！

后记·走不完的世界

能在这里和大家分享我旅行中走过的地方，分享我在这些地方的所见所闻，分享我旅行中的各种心情，使我感到十分开心。

我曾经也被困在不到一平方米的格子间里，每天都在重复做同一件事，做得久了，总会抑制不住蠢蠢欲动的心，想要走出这条已经被固定住的轨道，去感受一下未知的远方。在某个平常的下午，我终于做了决定，停下了匆匆向前的脚步。

转身，

我发现了一个不一样的世界。

远方，

原来离我们并不遥远。

我的梦想其实很简单，希望在自己年轻时，可以多去一些想去的地方，多看一些喜欢的事物或风景，使我画出来的画有真正的灵魂，而不是通过电脑或书上看到的图片临摹出来的画作，徒有其表而缺少魂魄。

古人云："读万卷书，行万里路。"以前总觉得读书多了，见识自然也会跟着增长，但后来长大了，就会觉得读书虽然也能长不少见识，但有些知识却只能在行走中得到，只有你亲自到某些地方，去接触和感受它，才能真正地拥有它。

我有一位很喜欢的老师——李欣频。她说过一句让我印象深刻的话："人不知道到底意外和明天哪一个会先来，但是我们要尽可能做到，就算下一刻闭眼，也不会后悔自己度过的人生。"

我的行走之路才刚刚开始，未来还有很长的路要走。活到多少岁，走过多少国家，我并不奢求，只希望自己在行走中，可以见识到更多的新鲜事物，体验到更多的风土人情，了解更多不同的艺术表达方式，这就是我旅行中所做的事情，也是我以后旅行中不会放弃的重要内容。

停下脚步，

转身，即是远方。

我的旅行手绘故事并没有结束，

未完待续……